父・萩原朔太郎

YokO
Hagiw

萩原葉子

P+D BOOKS
小学館

目次

はじめに

今から二年前（編集部註：本書の初刊は一九五九年）にあるきっかけで「青い花」という同人雑誌に加わった。それは山岸外史《がいし》氏が新しく始めようとしていたのだったが、そこで皆にすすめられて父の思い出のようなことを書いてみることになった。

だがせいぜいハガキぐらいしか書いたことのない私なので、まったくなんの目当もないままに、出入りのうるさい居間の片隅の机の前に坐った。ノートとエンピツと消しゴムを用意して、消したり書いたりしているうちにどうやらそれを短い作文にまとめていった。そして「父の晩酌」という題をそれにつけた。次にもう一篇をまとめると「父と手品」という題をつけた。けれど学校時代から作文はあまり巧くなかったし、何の勉強もしていない私なので、文学の研究会の皆の前でそれを読み、おまけに批評を聞かなければならないと思うと、とても気が重かった。

その日になると、私はなるべく隅の方の皆に隠れる場所に坐って、ぶるぶるふるえながら乾いた声で読んだ。やっと終ってもまだふるえの止まらないほどだったが、そんな私に皆は口々におもしろいからその調子でもっと書きなさい、と励ましてくれたうえに「青い花」創刊号にのせてくれるということまでできまった。

思いもよらないことだったので、すっかり喜んで少し自信を得た私は、次にも何か書いてみようという欲が出てきて、思い出のふかい雪の夜のこと「訪客」や「表札のこと」などをエンピツと消しゴムを頼りに書いた。

活字になったのを見るのは初めてのことなので、最初届いた創刊号の目次に自分の名前を見つけた時には、血が頭にのぼったようにかっとなり、四五日は自分のページのところが開けられなかった。嬉しいというより恥ずかしい方が強くて、どこかに身をすっかりかくしてしまいたかった。それでも落着いてくると思いきって父と親交の深かった方々に送って、拙ないものをお目にかけた。すると、室生犀星氏をはじめひとり残らずの方々は、温かい励ましのことばをくださったのである。

けれどもしだいにはじめのようにらくには書けなくなり、それに父に寄りかかってほめられていい気になって書いているような自分が、たまらなく嫌になってきたりして、そのたびに何度となくもう止めてしまおうかと思った。しかしそういう私をいつも近くで励まして、父への愛情ひとすじで書けと叱ってくれたのは外史氏だったし「青い花」の方たちだった。

それに最初の時から遠くで私の力になって見守り続けてくださったのは室生犀星氏であった。亡き親友の娘である私に、ある限りの愛情のことばをいっぱいにくださったのである。不勉強のうえに意気地のない私なので、途中でもうだめになりそうになると、いつも犀星氏のいられることを思い出していた。そして自分に鞭打ってやっと一冊の本ができたのである。

生きていることのありがたさとでもいったらいいのだろうか。私はこれをまとめていったおかげで、ようやくそんなことまでわかったように思うのだ。

そのほか私を励ましてくださった、たくさんの方々にも、ほんとうにふかく感謝している。

今になってみると、これを書いていた二年間というものは、私の生涯で最も幸せな月日であったと、しみじみ思う。

晩年の父

晩酌

小田急沿線に家を建てて住むようになってからも、父はあまり家で晩酌することはなかった。が、幾日も書きものが続くようなときは、たいてい家で続けて飲むことが多かった。

こんなときは、二階の書斎から神経質に何かを考え続けたままの顔で、降りてくると祖母に「おっかさん、酒の仕度してくれ」という。祖母はさっきから「今日は家で飲めばいいがねえ」と気をもんで、父の階下へ降りて来るのを待ちかまえていたので、「そうかい」と機嫌よく大急ぎで用意を始めるのだった。

父は、すぐに茶の間の火鉢と茶簞笥に囲まれた自分の場所に、きちんと膝を揃えて、敷島を喫《す》いながら坐って待つのだが、とてもせっかちなので、言い出してからまだ三分とたたないのに「お燗まだかね」と着物の衿をかき合せたりして、もどかしそうに幾度も催促するのである。

庭には太い梧桐《あおぎり》や、よく咲く白梅や、沈丁花《じんちょうげ》、あじさいなどをたくさん植えてあり、軒先の藤棚は年毎に満開になって、お酒のときは、父はこの藤を見て楽しんでいた。

なぜか私は、父の晩酌にはいつも、暮れかかった庭に、藤が咲いていたような気がしてならない。

祖母は、いくら急いでお燗をつけても「まだか、まだか」と父に催促されるので「朔太郎はゆっくりせっかちでかなわない」とか「足元から鳥が立つようだよ」とへいこうしながらも、うれしそうに茶の間と台所を行ったり来たりして用意をするのだった。

父はお膳に肘をついて、右手で不器用にお銚子を傾けては、ゆっくり飲むのだが、私を見るとたいてい「葉子、お酌してくれ」という。

父とは一週間も顔をあわさないこともあり、なんとなくお酒の相手をするのが、てれくさくめんどうでもあったので、すこし酔がまわってくるまではなるべく逃げているようにしていた。

私は、仕方なく父の正面に坐ると、いきなり勢いよくお酒をこぼすほどに注いだ。すると、「葉子の注ぎかたはいつもへただなあ」と父は笑っていうのだった。私はお酌をするたびに盃にあふれさせてしまって、ちっとも上達しなかった。

どこからか、いつも父にと送られてくる好物の筋子の粕漬やふぐの粕漬、それになまこ、からすみ、ベーコン、じゅんさいなどをほんの少量箸をつけて、ゆっくりと時間をかけて飲んだ。

私を呼んでおきながら、これという話をしてくれるでもなく、聞いてくれるでもない父は、ほとんど無言で、誰も意識しないふうな、いつも何か考えている顔だった。そんな父の様子を見ると私は、できるだけそっとして、邪魔にならないように心を配るのだった。が、祖母はそんな父のようすにはまるで無頓着で、一日のできごとなど、つまらないことで父の神経にさわりそうなことを、続けざまに話しかけた。父ははじめのうちは聞いているようだが、すぐにふん、ふんとうわのそらの返事をするばかりなので、しまいには祖母もあきらめてしまうらしかった。しだいにお銚子の数も重なってゆくと、それにつれて父は機嫌もよくなり口数も多くなって、複雑な顔を童顔みたいにしてゆくのだった。

　父はお酒を飲むと、まるでたあいない子供になってしまう。そして酔ってくると、次第にお酒をびしゃびしゃお膳にこぼしはじめ、それにつれてお菜を、膝の上から畳の上一面にこぼすのだった。だから父の立ったあとは、まるで赤ン坊が食べ散らかしたようなのであった。祖母は後始末がやりきれないと怒るが、私は、こうして酔って童心になりきった父の方が、ふだんの父よりずっと好きだったし、もうてれくさくもなくなり、ずっと良かった。

　内側に向いて小さく、そして虫歯もまざっている歯の間から、酔うとぱっぱっとよく食べものを、そこいらに散らかした。そしてうしろの茶箪笥をひょいひょいと指先でさわっては、くん、くんと鼻をならすくせを繰り返しながら一人でおかしそうに何かいっては笑うのだった。

　この頃になるといつのまにか、父は紙などを小さく丸めてほっぺたにしきりに指先でこすりつけていたかと思うと、ふとその紙がなくなってしまい、そして頭のてっぺんや、目や耳の中からひょいと取り出す手品を、いたずらっぽい顔で、やりはじめているのだった。

子供のとき、はじめて父が目の中から紙を出すのを見て、私は思わず「痛いからだめ」といってしまった。が注文に応じてとんでもないところから、父はまじめくさってなくなった紙を取り出しては私や妹を喜ばせてくれたが、それがいつのまにか晩酌のときの習慣のようになってしまっていた。

晩年はいっそう色もくろく頰の肉は落ちて、疲れがめだち、茶ぶ台に頰杖をつくたびにあっちこっちに皺を作って動いてゆき、そのたびに表情は、複雑に変っていた。髪が減ったせいか額はますます広くなって、上瞼は大きくねむそうな目に半分もかぶさってしまい、肩ばかりがいっそう尖っていた。

かなり酔いのまわったとき、父はぐったりと茶ぶ台にねむったようにして、膝のまわりの、散らかった食べものの中に横っちょをむいて坐っているが、急に顔をあげて私を見て「葉子、蒲原有明《かんばらありあけ》はいいな」と幾度もいったかと思うと、ぽろぽろとごはん粒をこぼしながら立ち上り、衿をかき合せてちょっと改まってから、

野ぢよりひとりかへり来て
あやしくなぞやはづかしき

と父独得の節をつけて、うたいはじめるのだった。そしてここまでくると、

「葉子、次は何んだっけ?」という。私が次をいうと「そうか」と笑って、

髪にかざしし草の花

それさへ秘めてえも見せじ

髪にかざしし草の花

それさえ秘めてえも見せじ……

とまた力を入れてくり返しうたうと、急に目を大きく開けて私を見て、

「葉子、いい詩だろう」と何度もいいながら、もとの散らかった場所に坐るのだった。そして急に元気が出たようにしゃんとして、

「蒲原有明はいいな、ゆうめいと読むのはまちがいで、ありあけと読むのがほんとうなのだよ」というのだった。

そしてちょっと思い出したように顔をあげると、お銚子をふるえる指にもって私の方へ出し、

「葉子ついでくれ」と駄々っ子のようにいう。

「もうお酒やめた方がいいのに」と私はつがないでいると、

「葉すけはいじわるだなあ」と酔った顔をさも困ったように苦笑しているのを見ると、もういくら言ってもだめだと思って、そっと気づかれないように、さす量をかげんしながらつぐ。が父は無邪気に喜んで、右手で頬杖をつきながら危なげなふるえる指先で、盃にちょっと口をつ

けたかと思うと、すぐまた置いて、いつ果てるともないのだった。

こうして飲んだあとは、

「葉子、『黒髪』かけてくれ」と、右手で痩せた膝の上に手をついて、尖った肩を、前方によじるように、うつ向き加減にして坐っていた父は、ふと思いついたように顔を上げて私を見る。

昭和九年の春何かの本が出た時、父はその印税で、かねて私が欲しいといっていた電蓄を買ってくれた。こんなことは、初めてのことであった。ビクターの電蓄で割に小さい箱形のであったが、音は良くて、とても嬉しかった。

私は、シューベルトの歌曲集など、ポピュラーのものばかり集めて聞いた。祖母は長唄専門だった。父は長唄や、端唄や、新内などを好きだった。

次の居間から流れてくるレコードに合わせて、あまりじょうずでない唄いかただったが、お酒の時は、たいてい端唄を熱心に覚えようとして、レコードと一緒に唄った。そしてその声は、時として大きくなったかと思うと、また消え入るようで、酔った顔で唄うその声にいつも、私は父の孤独を思った。

「秋の夜」「館山」「槍錆《やりさび》」「梅にも春」「蘭蝶」などを、覚えようとして熱心だった。

「こんなものつまんないじゃないの、洋楽の方がずっといいわ。」

私がそういうと、

「僕も、やっぱり若い頃は洋楽に随分こったもんだが、年をとってくると、日本のもののよさがわかってくるね」と、考え深く言った。

私や、祖母は、父と同じお膳に別のお菜をならべてさっさと済ませていた。

「仲々うまく唄えないものだな」と、何度も何度も繰返し唄っていたのをやめると、思いついたように、

「めしにしてくれ」と祖母にいう。もう何年も使い古した濃紺に白い模様の、分厚いひび焼きの特別大きい茶碗で、その底の方に、ほんの少し御飯を盛って食べるのだった。祖母の手から「ありがとう」と受けると、左の頰にお茶碗をくっつけるようにして、右手で忙がしく、お茶の渋のしみこんだ箸でさらさらと、濃いお茶漬を食べた。

そしてこのあとは、たいてい、

「葉子、マンドリンとギター持っておいで」という。私は父がそういえばよいと思っていたので、急いで廊下を歩いて、自分の部屋のマンドリンと、応接間にある父のギターを取りに行った。

そして、父が散らかしたお膳の下を踏んづけはしないかと、はらはらしている祖母を残して、私と父は隣りの居間に移るのだった。

父は少し改まって坐り、着物の衿を合わせ直し、そして、くちゃくちゃに吸口を嚙んだ敷島を灰皿にぎゅっと押しつぶすと、使い古した何の飾りもないギターをかかえ、細い五本の指先をこまかく動かすのだった。

トセルリーのセレナーデが、父は非常に好きだった。私のマンドリンに合せて、感情のこもっ

た父の伴奏に、いつも私は圧倒されてしまうのだった。

どんなに飲んだ時でも、テンポは狂わなかったし、私のちょっとの間違いにも、すぐやりなおしをさせた。

私は一所懸命に、そこはアンダンテに、とかフォルテになどの注意を受けながら、精一杯に、感情を出すゆとりもなく弾くのだった。

また流行歌では、「丘を越えて」「影を慕いて」「酒は涙か」など古賀政男のものが特に好きだった。

「影を慕いて」の前奏曲は、父の得意中の得意で、まるで指をギターに打ちつける程感情をこめて弾くのだった。

こうして夜の更けるのも忘れて弾いていると、あとかたづけも終った祖母は、

「さあ、もう遅いから止めて寝なさい」と長唄以外は、うるさそうにどんどん床を取り始めるのを見ると、父は、「じゃ寝よう」というように、ギターを膝から離し、敷島に火を点けると、すぐ二階の寝室に、痩せて尖った肩を残して、行くのだった。

手品

沈丁花や藤の花房が、まだ白っぽく庭に浮いて見えるような夕方、茶の間で、ひっそりと、

一人で飲んでいる父をよく見かけた。お膳には一、二本のお銚子と、二、三のお菜が、簡単に並べられている。こんな時は祖母が出かけて家にいない時なのだった。

そして父は静かに、自分で注ぎながら、長火鉢と茶簞笥に囲まれた、いつもの坐る場所に、のんびりとした顔で坐って、左の指にタバコを挾み、そして右の細長い五本の指いっぱいに、赤い玉を挾み、それを増やしたり、減らしたりする手品を、無心な顔つきでしているのだった。

父はもともと不器用で、棚一つ作れないどころか、祖母がたまに、父に釘を打ってもらってもだめなので、いつも「朔太郎は釘一つ満足に打てない」とこぼしていた。私も父が釘を打ったのを見たことがなかった。だが、赤い玉をはさんだその指先は、まるで生きもののように、神経が細かく通っているように見えた。この手品は私が子供の頃から見ていたが、この頃は、ずいぶん上達してきた。

「うまくなったわね」と、私がほめると、今までの無心な顔をはっとこちらに向け、無邪気に綻《ほころ》ばせ、「そうか」と、さも嬉しそうに一層手をリズミカルに振って、この指の手品を続けるのだった。

私は、こうして一人で静かに飲んでいる方が、父としてもくつろげて、いいのだと思った。祖母がいると、こうした静かさを父に与えないで、父を思ってのことが、かえって逆効果になってしまうのではないかと心配であった。

こうした時は、お酒の量も、ほどほどに止めて、早目に二階で寝てしまうらしかった。

父は二十代の頃から、手品に興味を持っていたらしかったが、晩年（五十二、三歳ごろ）になって、阿部徳蔵氏主催の「アマチュア・マジシャン・クラブ」という手品の会に入会した。

この会に入会するのはなかなかむずかしいそうで、父は、とても熱心に入会したいと思っていたとみえ、会員になれるときまって、家に帰って来た時、ちょうど居間にいた祖母や私に、

「マジシャン・クラブに、僕のようなものでも不思議に入会できたよ。何しろ、偉い人達ばかりなので、詩人の僕など、とてもだめかと思っていたのだが……」と、まるで、子どもみたいな表情で心から喜んでいた。

「そうかい、そんな偉い人達ばかりの会なのかね」と祖母は、感心していった。私は、父がこんなにも入会したがってる会に入れたことを本当によかったと思った。

それからの父は、どんなことをさしおいても、この会のある時は、ふだんは、寝巻のままでもでかけてしまったりするのに、ちゃんと、時間も早目に、和服や洋服に着替え、祖母が出してくれる真白のハンカチをポケットに入れて、酔った時とはまるっきり違った、威厳をもった顔をして、出掛けて行くのだった。

（私は、こんなに父が、いそいそと楽しげに、希望みたいなものを持って出掛ける姿を見たことがなかった。）

マジシャン・クラブでは、どんな手品を習ってきたのか分らないが、この会に入ってからは、

特にこの赤い指の玉のや、トランプや時計、赤や青のハンカチの出てくるコップなどのを、よく見せられたので、こうしたものを習ってきたのではないか、と思う。

晩酌の時ばかりでなく、昼間仕事の途中で、ふと二階から降りて来る父は、たいてい指に赤い玉をいっぱい挾み、手だけを無意識に動かして、廊下を何度となく行ったり来たり、二三十分もしていると思われた。そして、廊下が済むと庭に出て、今度は庭を行ったり、来たりするのだった。他のことを考えながら、指先だけリズミカルに動かし、玉の動きなど、見ているのだか、いないのだか、分らなかった。私は、玉の向う側の何かを、父は、いつも考えているのだと思った。

こうして、たまに静かに手品をしながら飲んでいた父も、祖母が帰って、急に騒がしくなってくると、そのまま、ふっと、立ったかと思うと、もう姿はどこにもなかった。その早さは、格別だった。思ったが早く、寝巻のまま、玄関にあるおせんべみたいになった下駄であろうが、女物の下駄であろうが、一向におかまいなしで、あとをも見ずに、姿を消してしまうのだった。

祖母が、

「おや、朔太郎は、今まで飲んでいたのに、どこへ行ったのかね」と気のつく頃は、もう駅の方まで行っているのである。が、気が向いてそのままずっと家に落ち着いている時は、お酒の量も増してきて、いつものように、機嫌よく飲み、いつの間にか、二階から自分で、トランプや手品の仕掛けのあるものなど持って来て、私を前に坐らせて、手品を見せるのだった。中でもトランプの手品を多く見せられたので、一番印象に残っている。トランプは、外国製の上質のが買えると、とてもだいじにして、洗面所で、石鹸で一枚ずつ洗っていた。ハンカチ一枚洗ったことのない父なので、おかしくもあり、めずらしくもあった。

「これは布で出来ているので洗えるのだよ」とよく祖母にも説明して、たいしてよごれてもいないのに楽しそうに洗っていた。

ふだんは、パラパラと、トランプを切る手先が、器用にじょうずだったが、酔ってくると、時々失敗したりした。そして気の済むまで切れると、「いいかい」「いいかい」と、何度も同じことを繰り返して、トランプを扇形に拡げ、その中の一枚に仕掛けがあって、それを私に引かせるのだった。

その手つきが、ちょっとうまかったので、初めはタネが判らなかったが、どうも一枚だけ特に目につくカードがあるので、別のを引こうとすると、父は、それを引いてくれなくては困る、といった顔で、私の方へその一枚を苦心して引かせるように向けてくる。しまいには、露骨に、一枚だけ、とび出させて私の手の先に無理に持ってくるのだった。すると、おかしなもので、私はそれをよけながらも、いつの間にか引いてしまうのだった。

すると父は、安心したように、

「よく見て、ここへ入れなさい」とトランプをバラバラ膝の上に落したりしながら、熱心に切って、私の入れるのを待っているのだった。

「さあ、どこへ入れても、そのカードを当てるよ」と父は今度は揃えて差し出す。私は、なるべく判らないようにと真中にさっと入れてしまうと、それをまたバラバラと何度も切り直して、「においで当てるからね」と一枚一枚、くん、くんと、においをかぐまねをして、「そろそろ、近づいて来たな」と少しテンポを落しているうちにそのカードが出てくると、笑いながら鼻に当てて、二三回またくんくんと、においをかいで、

「これだろう?」と、さっきのカードを差し出す。私は、

「どうして当てるの? 教えて」というと、

「これか? これは、つまりサイコロジイの応用だよ」と、得意そうにいうのだった。サイコロジイとは、心理学のことだそうである。

父は、このサイコロジイということをよく言った。特に手品の時は、必ず、サイコロジイだよと何度も言った。

やはり別のやり方で、このサイコロジイの応用と言って、タネも仕掛けもない、ごく簡単なので、こう並べれば、相手は必ずこのカードを引くというのが、幾つかあって、それを私に、ためしてみるのだった。私は、やはり、そのサイコロジイにかかってしまって、まんまと、父の思うカードを引いてしまうのだった。

私は、タネ明かしが、いちいち知りたくなって、父のすぐ前で見ていると、時々ぎごちない手つきをするので、仕掛けが、わかる時がある。「あ! わかった」と私が喜んで言うと、酔

眼を大きく開けて、あわてて細い指先でトランプを持ち直し、「葉すけは、目を光らせて、タネ明かしばかり知りたがって、だめだなあ、もっと離れて見ていなければいけないよ」と、まずいところを「いいかい」と何度も言いながら練習するのだった。

私が「タネ明かしを教えて」というと、ごく初歩のだけ、少し教えてくれたが、あとは「マジシャン・クラブの規定で教えられない」と、決して教えてくれないのだった。だが、いつみても、その手つきには、微妙な味があって、私も楽しく、父の言うサイコロジイにかかっていた。

こうして、父は亡くなるまで、手品を楽しんでいたが、父の亡きあと、南向きの書斎の机の真中に、きちんと重ねられている、分厚い原稿用紙大のものが置いてあった。そしてその真中に、大きな太い父の字で「手をふれるべからず」と書いた紙が、しっかり乗せられてあった。祖母や私は、それはきっと、書きかけの原稿だと思って、そっとみると、なんと全部手品のタネ明かしだった。

会の規則で、会員の死後は、このタネ明かしを直ちに焼き捨てることになっていることがあとでわかった。

父は病気で、死を予感して、こうして用意していたのだと思った。ふだんは、とてもルーズなたちなのに、むしろあきれてしまった。その外には、何ひとつ死ぬ用意などしていなかった。

また二階の北の窓に面した本棚に囲まれた書斎には、父の好みで、引出しが幾つも据えつけになっていて、生前は、その書斎に家の者が入ることを厭がったので、私も父の本を読む時にたまに取りに行くきりで、めったに入ったことがなかった。が、父の死後、祖母が、その引出しの鍵を開けると、引出しという引出しには全部手品の道具ばかりで、一つある開き戸棚には、立体写真がぽつんとひとつ、入っているだけだった。

これがあったために、引出しに鍵が掛けてあったことがわかった。手品の道具の入れてない引出しには、いろんな売薬が、ごちゃごちゃと入れてあって、むろん鍵など掛かってなかった。

その手品の道具は、どれもこれも、安っぽくて、まるで、幼児の喜ぶような玩具でしかなかった。赤や青の薄い絹の布や、底の無いコップやら、へんてこな恰好の、おもちゃみたいなのや、トランプのはぐになったみたいなのや、時計のこわれたようなのや、どれもこれも、三文の値打ちもないものばかりが、ごちゃごちゃとたくさん、宝物をしまうように大切に入れられていた。

私は父の亡きあと、まもなくひとりで二階にいって、それらの入った引出しを見た時、唖然として立ちすくんでしまった。私は、そこに父の姿を目のあたり見たように思い、もう父はこの世のどこにもいないのだという激しい悲しみが改めて全身を襲ってきて、泣いた。

なんてことだろうと思った。こんなものが、こんなに大切だった父の心を思うと、しばらくは悲しみのため、そこを動くことができなかった。

ある時

父はとても正直で、嘘や、その場の取り繕いということの全くできないたちだった。私も父に嘘を言われたことは、一度もなかったし、祖母も「朔太郎は馬鹿正直で困ってしまう」と、よく言っていた。

父は正直なばかりでなく、とても気が弱過ぎて、はがゆいのだった。

晩年、父が「新女苑」の詩の選をしていた時だった。他の仕事もあり、詩の選の方は、今日の夕方までが、〆切りだというので、ぎりぎりになっていたらしい。

こんな時に限って、前から電話もなく、突然これという用事もない人が来て、何時間も椅子に掛けて、父を相手に動かないことがよくあったが、こういう人には、はっきり玄関で、今日は忙しいから、と断るかすれば良いと思ったのだが、それをするのが、とてもつらいらしかった。

その日父は、いつもよりせかせかと、朝昼兼たいの食事の後、それまで神経的に何か考えていた顔を、祖母の方に向けて、「今日は、忙しいから、もし某君が来たら別の日に来てもらってくれ」と言って、すっと二階に上って行った。その時、いつもより痩せて、骨ばかりのようなうしろ姿が、私の日に残った。

私は、できるだけ父をそっとしておいてあげたいと思い、急にこんな父を見るに耐えなくなって、その頃、私はいつも「新女苑」を愛読していて、父の選した詩がいい、と、思っていたので、何も判らないくせに、階段にいる父を追いかけてゆき、

「私に手伝わせて」と、頼んだ。父は階段の途中で振り返ると、

「何？　葉子が何をするのだ？」と、言った。

「だいたいよいのだけでも、私が選んでおけばそれだけ早くできるから……」私がいい終らないうちに、父はいつになく、はっきりした強い語調で、

「葉子にそんなことができるものか！」と、かっと怒ったように、言ったかと思うと、どんどん階段を上って行ってしまった。

私は、父の「葉子になんかできるものか」という言葉が耳に残り、胸を塞いで、自分の詩に対するあさはかな考えを、大変恥ずかしく思った。

昼過ぎ、案の定、某氏がやって来た。玄関で、女中が応対しているらしかったが、困ったような顔で、

「奥さま、先日の方がどうしても十分でいいから、旦那様に会いたいとおっしゃるのですが……」と、訴える。祖母は、

「忙しいから今日は会えませんと、はっきりいいなさい」と、強く言うのだった。するとまたすごすごと、玄関に行って、今度は、半分泣きべそをかいて来て、

「何日なら会えるか聞いてくれとおっしゃるのです」という。

祖母は玄関からずっと離れた、茶の間の前の中廊下に突っ立ったまま、困って、「いやだねえ」と、女中と相談しているのである。玄関で、お客様のする咳払い一つにも、今にも、この家にちん入して来やしないかと、三人は、なんだかこちらが悪いことでもしているみたいに、小さくなってしまった。が、私は、思いきって、父に告げに二階に上って行った。タバコの匂いと、煙でむんむんする中に、父は行儀よくきちんと坐っていて、机や畳一杯に原稿が散乱していた。父は、私の足音と様子で、それと察したのか、一目私を見ると、さっき私を怒った時とは、うって変わった臆病に顔色を変えて、私の言葉を緊張して待っているのだった。

「この間の方が、どうしても会いたいって帰らないけど、どうするの？」と言うと、もう、すっかり恐怖に戦くように、父は痩せた膝を、じりじりとうしろの壁の方まで、にじり寄せて行った。そして目は大きく見開いたままで、目の前の幽霊に怯えているような恰好をするのだった。

私はそんな父の様子を見ると、自分まで、とても恐ろしくなってきて、どきどきした。

「お父さんのこと、なんて言ったのだ？」やっと口を開いた父は真剣に言った。

「今日は、忙しいから会えませんっていったの」というと、

「居ないとは、言わないだろうね」と、ぎょっとした目を私に向けて、念を押すのだった。私は、深くうなずいてみせると、それで父は、やっと安心したような顔になったかと思うと、もう立ち上って、半分駆け出すように早足で、階段を下りて行ってしまった。

階段を下りれば、右側の踊り場の向うは、お客様の立っているタタキ石なので、のれんの下

から、すぐ父の膝のあたりが見えるのである。だから下りるとなれば会うしかなかった。

私は、父が又玄関で断れないで、何時間も無い時間をつぶされてしまって、今夜は徹夜しなくてはならないだろうと思うと、あんなに痩せている父を思って、くやしかった。

こうして夕方頃までに帰ればまだ良い方で、ひどい人になると、一層父を困らすのであった。いつかもやっぱり原稿に追われて忙しい時、父は女中の取り次ぐ名刺を見て、急に恐しいものを見た顔をして二三歩後ずさりしたが、また何かにひかれてゆくように玄関に出た。それから、庭の木々は、もうぼんやり暗くなる時分なのに、一向にお客様の帰るらしい気配が見えないので、茶の間で祖母は、しきりと、

「一体どうするつもりなのだろうか」と、言って気をもんでいると、しばらくして、困ったような顔で父が出て来て、祖母の耳元へ口を近づけるように、小声で、

「おっかさん、十円かしてくれ」という。

祖母は耳が悪い故か、地声がとても大きいので、廊下を隔てて相当離れているのに、お客様に聞こえやしないかと、気の小さい父は、びくびくしながら、なにやかやと祖母がうるさく言うのを「あとにしてくれ」と、せかせかと祖母から十円受け取って、またひとしきり出て来ない。やっと、がらっと戸が開く音とともに、父が出て来たかと思うと、

「ちょっと出るから、着物出してくれ」という。祖母は、ますます不服な顔つきで、渋々父の着物や三尺を納戸に揃えると、父は急いで着物に着替え、黒ちりめんの三尺を、細い身体に幾

重にもぐるぐる巻きつけると、細長い中廊下を、せかせかと歩いて、お客様とは反対側にある、家の者だけ出入りをする玄関から、あっという間に出て行ってしまうのだった。

夜遅くなって、やっと帰って来た父に、祖母は、たたみかけるように、今日のいきさつを聞くので、父はめんどうくさいというふうに、又祖母の気の済むように、簡単に、早口に言うのだった。それによると、いつもお金を借りにくる人で、また借りにきたんだという。そしてまだ帰る様子がないので、困って新宿まで一緒に行って飲んで、やっと別れたことなどを話していたが、その父の顔は、別に困ったり不愉快らしい様子は見えないで、むしろ、断ってくれといって二階へ上って行くうしろ姿の方が、ずっと暗かった。

「だから、こんどからあたしが断ってしまうよ」と、祖母はぷりぷりしていうのだった。

またある時祖母や女中が、もう顔を覚えて、父に知られないように、うまく断ったあとで、私は濃いお茶を入れて、父に持って二階へ上って行った。机の上一杯に原稿用紙が置いてある左の端の方に、お茶碗をそっと置くと、父は気がついて原稿から目を離し「あ、ありがとう」といってタバコをのもうとした。その時私は、

「さっきこの間の人が来たけど、もう帰ったから大丈夫よ」というと、急にぎくりとした顔に、大きく目を見開き、まるで身も世もない恐れ方をするのである。私は急いで、

「もういないから大丈夫よ」と安心させようとなんべん言っても、もうまるでだめで、

「そんな大きな声を出しては、いけないよ」と、すぐ隣りの部屋にいる人にでも警戒している

ように、声をひそめていって、しばらくは上の空で、おそれに戦《おのの》いているのであった。

表札のことなど

その頃、文士の表札を取って集めるのが流行していたらしい。門の前を掃除したついでにふと見つけると祖母は「また表札がないよ！」と大声で言いながら、家に馳け込んでくるのだった。そして、「まったく、朔太郎のあんな字なんか、どこがよくて持って行くのだろうね」と怒って言うのだった。祖母は几帳面なので、すぐに新しい代りの表札を買ってきて、父に書いてもらおうとするのだが、それがなかなか大変なのである。あまりいつまでも表札なしでいて、しまいに郵便屋さんに注意されてしまうこともあった。

それでも父は、やっと気がむいたように、陽当りの良い廊下に坐って、タバコをおいしそうにのみながら、硯を磨り初めると、祖母はうれしそうに、新しい木の匂いのする表札を持って父の傍に行き、「こんどはうまく書いておくれ」と言うのだった。私が「いったい誰が取るのかしら」というと「ものずきはいるものだよ」と父は苦笑して言う。そして、表札を左手にもって、しばらくした後、新しい筆に惜しげもなく、元までどぼっと墨をつけて、萩と太く力を入れて書き、原と、ちょっと力を抜いて書いたかと思うと、朔太郎と、あっという速さで書いてしまうのだった。そして表札を廊下に置くと「これでいいだろう？」と祖母に聞く。けれども祖母に「もうちょっと、うまく書けないものかねえ？」などと言われると、こんどはひょいと別のを持って、書きなおすのだった。祖母は、父が書きそこなっても良いように、かならず二三枚用意していた。

そして「ふんぱつして上等のを一枚買ってきたのだよ」と言うのだが、そんな上等のに限って失敗してしまうので「朔太郎には良いものは書かせられないよ」と言って、機嫌悪いのだった。

父の書いた字は、よく見るとたいてい右か左の方に片寄っていて、下の方がだんだん小さくなっていくようだった。祖母に「エンピツで下書きして、ちゃんとあんばいよく書かないと、おかしいよ」といわれるので、父は言われるとおりに、鉛筆で下書きする時もあるが、いよいよ筆で書くときは、下書きなどまるで無視してしまい、やっぱりまがって書くので何にもならなかった。

父は晩年に乱視になったが、人前ではけっして眼鏡をかけなかったので、字がまがるのもそのためかと私は思った。

祖母は父の書いた表札を見ると、気に入らない顔で「萩原家は字のへたな血筋だから困ったね」というのだが、それでも安心したように「今度はとられないだろうね」と、さっそく門に掛けに行くのだった。私は、学校の友達が遊びにくると、きまって、「あの表札、誰が書いたの？」と聞かれるので嫌だった。そして父だとわかると、たいていびっくりする。

父の字は、ちょっと見ると、まるで子供のような字だからだ。家の前を通る中学生なども「なんだ、これ子供が書いたんだね」と大声でいったり、塀に石を投げて行くことがよくあった。

いつも短冊や色紙を、父に書いてほしいと送られてくるが、父は、気が向かなければ、そのまま何日でも開けないで置く。送った人達はいつ書いてくれるのかと矢のさいそくをしてくるので、祖母は何度も「早く書いておしまい」と父に催促するのだった。

それでも晩酌のあとなど、祖母に言われないのに、思いついたようにせかせかと立ち上って、二階へ行ったかと思うと、送られた包をもって降りてきて、部屋中に赤や白の短冊や色紙を散らばして、開くと「葉子、硯もってきてくれ」といった。そして、その中から白いのを取り出し、タバコをのみながらしばらく眺めるように考え、いつものように筆に墨をたくさん含ませて、

ところも知らぬ山里に
さも白く咲きてゐたるをだまきの花

とか、

広瀬川白く流れたり

と、はらはらするような、危ぶなっかしい手つきで書くのだった。そして表札のときのように、斜めに傾いたり、しまいになって書くところがなくなってしまうような書き方をするのだった。

それでもかなり飲んでいるので、父は上機嫌でにこにこしていた。そして大変立派なのや派手

な色なのは「これは嫌だな」といいながら、

憂ひは陸橋の下を低く歩めり

などと書くのだが、気にいって書けるときは何枚も書き続けるのだが、気に入らないときは、ちょっと書いてはどんどん破いてしまい、破った紙片を部屋中に散らかすのだった。傍で見ていると私はいつも、はらはらした。そしてせっかくきれいな色紙を、へたな字でよごしてしまうのが惜しいと思った。そして北原白秋や佐藤惣之助のように、細い字できれいに、ちゃんと人並みに恰好良く書けないものかと思った。

祖母は白秋の字がとても好きで、お座敷の鴨居に、色紙をいつもいろいろ取替えて掛けておいたりしたが、しまいには白秋の短冊ばかりを集めて、経師屋に屏風を作らせ、家宝だと言って、死ぬまで大切にしていた。

祖母は、父の立ったあと、あっちこっちに散らかした短冊や色紙を、さも邪魔そうに新聞紙にくるんで、かたづけてしまうのだった。(が、こうして父が書いたものは、みんな空襲で焼けてしまった。)

最近、三好達治さんは、私が一枚も父の短冊や色紙を持っていないのを気のどくがって、二枚のうちから一枚下さった。それは白い粗末な短冊に、

小さき魚は目にもとまらず

と書いたものだった。

訪客

この年に入って、三度目の大雪が降った寒い日のことであった。

二階の書斎からごとごとと、父のさせる音がしてくるだけで、家の外も内も静まりかえっていた。

祖母は、女中を連れてどこかへでかけていたので、家の中は、いやにがらんとして寂しかった。

祖母の声は大きくて、家中に響くような地声で、絶えず何かしゃべっていたから、祖母一人いるといないでは、昼と夜の差があった。勝気で我儘であったが、その反面涙もろい一面もあり、私はこの祖母に十歳の時から育ててもらったので、いわば母がわりの人であった。

「子供が六人もいるのに、孫の世話までこの年になってさせられちゃやりきれない」と祖母は、機嫌が悪い時よく私に言った。けれど私は、祖母に冷めたくされると、一層すねてまつわりついていった。

父は、気の強い祖母の我儘や、冷たさなどに随分頭を悩ましていたらしかったが、たいていのことは、見て見ぬふりをしているのが、私にもわかっていた。

「雪がこんなに降ってきたのに、何処に行ったのかしら？」と、思っていると、玄関で「ごめん下さい」とお客様の声がした。

こんな雪の日にどなたかしらと思って、私はドアーの鍵を開けた。すると、オーバーにいっぱい雪をつけた二人の青年が立っていた。

私は極端な恥ずかしがりやだったので、板の間に立ったまま、名前も聞けないでいると、ハンチングをかぶった背のとても高い方の人が、「お父さん、いますか？」と、笑い顔で明かるくいって、二枚の名刺を私に差し出した。「はい」やっとそれだけいうと、私は急いで二階の父の書斎へ行った。

父は、鉄色の紬《つむぎ》の着物に、三尺を腰のあたりに無造作にたらして、机に向かっていた。私は「お客さま……」といって、名刺を机に置くと、くすんだような顔を急に明かるく変えて、Gペンを原稿用紙の上におくと、

「辻野君も一緒か？」と、そのまますぐ出迎えに下りた。

父は晩年に、保田与重郎さんや辻野久憲さんと、ずいぶん親しくしていて家にもよく来られたので、二人の名前は前から、たびたび聞いていたが、私は父のお客さまには、よほどのことがないと出ていかなかったので、この日お会いしたのが初めてだった。

私は、お客さまにお茶を持って行くのが何より嫌だったが、思いきって応接間に入っていった。

こんな雪の日に、しかも思いがけないお客さまなので、父はすっかり喜びを顔に出して、敷

島をおいしそうに喫みながら、にこにこと談笑していたが、私が入ってきたのに気がつくと、ちょっと話をやめて二人に「長女です」と紹介した。それから私には、「保田君と辻野君だよ」と立っている私の顔をみながら言った。二人は椅子からわざわざ立っておじぎをされた。私はもう恥ずかしさで、ぴょこんと頭を下げただけだったが、二人はゆっくりとおじぎをしていられるので、困ってしまって、真赤になった顔をうわずった頭で意識した時だった。

「葉子のおじぎは早すぎるよ」と、父はちょっと口をとがらせたように、めずらしく私をたしなめた。

私は一層赤くなりながら、おじぎのやりなおしをすると、急いで立ち去ろうとした時、父はなにを思ったか、

「葉子、サイン頼みたいなら、してもらいなさい」と、今度は笑いかけながら私に言った。私はびっくりした。

そのころ、伯父に当った佐藤惣之助さんは、とても気さくな人で、当時、女学生の間でサインが流行していたので、方々へ旅行にいくたびに、東海林太郎、古賀政男、江戸川乱歩、などの芸能人や小説家のサインを集めて、みやげにしては私を喜ばせてくれたからであった。だが、私の家にいらっしゃるお客さまは、当時の私のサイン熱に適さない方達ばかりなので、今まで一度もして戴いたことはなかった。だから父が、せっかく私のためにいってくれても、あまりうれしくなかった。それより一刻も早く逃げ出したいので、困ってもじもじしていると、

「じゃ、これに書きましょうか?」と保田さんは、ポケットから小さい紺の表紙の手帳を出し、万年筆を背広の胸ポケットから抜いて、隣りの辻野さんに渡した。辻野さんは、少してれくさいようにためらったあと、すらすらと書いて保田さんに返した。

保田さんはちょっとペンを動かし、すぐに、

「これでいいですか?」といって、そして、手帳ごと、「あげますよ」と、差し出した。

私はまたぴょこんとおじぎをすると、赤くなって大急ぎでとび出したのだった。

自分の部屋に入って、落ち着いてからよく見ると、手帳の真中に「保田与重郎」と、くずした達筆で書いてあり、並べて隅の方に「辻野久憲」と、少しななめにほそい楷書でしたためてあった。

辻野さんは繊細な感じの方だと思った。そして、その字にまで病弱そうな神経の細かいものを感じて、私は手帳を大切にしまった。

まもなくがやがやと廊下の方で音がして、祖母の話し声がした。やっと帰ってきたのだった。

「遅かったわね、お客さまよ」というと、お客さまの時には、いつもするちょっとにがい表情をして、

「どなただね?」といった。父がその時、応接間からでてくると、早口に、

「保田君と辻野君が見えている。すまないけど寒いから、すぐお酒の用意してくれ」と、遠慮がちにいった。

祖母は、朔太郎、朔太郎、と六人の子供のうち、長男である父を特に愛していたが、父の親しくしている人やなにかには、まるで関心がなく、冷めたくてお客嫌いであった。

そのために父はあいだに入って、何かにつけてずいぶん神経を使うのだった。

「あいにく今日はなにもないけどね」と、祖母はいつも父のお客様の時に見せる無関心な態度で、父の神経を無視したように、そんぶり（無愛想）にいう。

父は目をぎょろっとさせるようにして、「あるものでいいから、早く頼むよ」と、いって、また応接間へいった。祖母はゆっくり普段着に着替えると、仕方なく台所で女中に文句などいいながら、こしらえた酢のものや、オムレツにすじこやカラスミなどのつまみに、お燗したお銚子を私が持っていくと、レンガを積んだマントルピースのガスの火がすっかり赤く燃えて、ガスの匂いとタバコの煙のまざった、来客の時特有の楽しい空気が充ちていた。

東洋的な父の好みで造った応接間には『猫町』の表紙が額に入れてあり、古道具屋から、わざわざ見つけてきた自慢の、十七世紀を思わせる古風なランプが、赤い支那風な台に置かれてあった。父は古いランプが特に好きだった。そして厚手の、エンジのカーテンが東の窓には引いてあり、その合わさり目から雪が窓枠にぴったりと吸いつくように、重なっているのが見えた。

父は時々応接間から出て来ては、祖母に「もっと酒たのむよ」とか、「あれはもうないのか？」とか、「すまないが何々を作ってくれ」とか、遠慮勝ちに言いに来たりしていた。

私は炬燵に入って、祖母の買ってきたものを見たりしていた。たいして入用でもないのに、つまらない日常品を安いからと、たくさん買い込んできてそれを家に帰って、ゆっくり眺めるのが好きな祖母であるけど、今夜は、もう大分疲れているとみえ、私に肩を揉ませたりして、あまり元気がなかった。

時々応接間の方を気にしては、老眼鏡をはずして時計を見ていた。

十一時近く、父が応接間から出て来た。襖を開けて祖母の顔を見ると、すまなそうに、「今夜は、遅くなったから、泊めてあげてくれ」と、気弱く言った。

「何? 泊まるって?」祖母は、あきらかに嫌な顔をした。

「話し込んでいるうちにすっかり大雪になってしまった。」父は祖母の前に坐って機嫌をそこねないように哀願するようにいった。

しかし、祖母は、

「もう疲れたから、寝ようと思っていたのに」と、ぷりぷりしていった。

「離れに寝床を頼むよ。」

父は、すぐには承知しそうもない祖母に両手を骨ばった膝の上に力を入れて置いて言った。肩は一層とがっていた。そして、タバコをちょっと吸うと、

「辻野君は体も悪いし、おっかさん、頼むよ。」父は、一層真剣になって言った。が、この言葉が、一層悪い結果になってしまった。祖母は、結核をこの上なく恐れていたのだった。

「たいした雪じゃないし、まだ電車もあるし、今夜は帰ってもらっておくれ。」

祖母は父の言葉に、自分の反対を一層強くしたように、はっきりいった。祖母のこのかたくなさには、父は、いつも勝てないことを前から知っていた。私は横から、「一晩ぐらいいいじゃないの」と口をだすと、

「葉子なんかだまっていなさい」と、さらにかっとなってしまった。

父は、もう不愉快でたまらない、というふうに、しょうすいした顔に、しわをたくさん寄せ、祖母の方を見ると、そのまま何も言わないで、部屋を出て行ってしまった。

しばらくして、玄関でお客さまが帰るらしい声がした。オーバーを着た二人は玄関にもう立っていた。

「じゃだめだったら、すぐ引き返してきたまえ」と、父ははっきり幾度も念を押すようにいった。

保田さんが右手でドアーをちょっと開けたとたん、膝までも埋もれてしまうと思われるほど、深くつもった雪が、おそい冬の夜を無気味に明かるくし、綿を散らばしたような横降りのかたまりがいくつも、オーバーや、肩に降りかかってきた。

ひと足あとから辻野さんが玄関に出た。その時辻野さんの痩せた身体が、なんだか雪で折れそうに見えた。

「大丈夫かしら?」

私がいうと、父はそれには答えないで、しばらく玄関で見送ったままの、暗い表情で立っていたが、祖母の所へ行き、

「こんな大雪の晩に病身の人を帰すなんて、おっかさんはひどいよ。」父はいつになく祖母をなじるように強い調子でいった。けれど、なんといわれても、祖母はがんとしてさっきから同じ新聞を読んでばかりいた。

炬燵のきらいな父は、少し離れた所に灰皿を置いて、その前にきちんと坐って、

「途中で引き返して来ればいいがな。」

「駅までは、とても行かれないだろう。」

などと、敷島の吸口をやけにくちゃくちゃ嚙みながら、二人を案じていた。

三十分ぐらいそうして、祖母と父との対立のような時間が過ぎると、玄関をたたく音がした。

父はいち早く聞きつけて、出て行った。

「やっと駅まで行ったんですが、電車が不通なんです。」

保田さんの張りのある声がした。

「でも、よく帰ってこられたな。」父は二人に申しわけなさそうにいった。

二人はそれぞれ、ズボンやオーバーの裾についた雪を、玄関のタタキにバタバタ落した。さしてきた黒い洋傘には重そうに雪がへばりついていた。

「こんな大雪は何年ぶりだろう。今年はよく雪の降る年だな。」

「今夜はいつもよりひどい降り方だな」などとにぎやかに口々にいっていた。

父は、応接間のマントルピースの傍に二人を坐らせると、急ぐように祖母の所へ行った。

「やっぱりだめだったじゃないか、すぐにお座敷に二人の寝床の用意をしてくれ」と強くいうと、

「お座敷にかい？　あの部屋はあたしが時々寝るのだからだめだよ。」

祖母は結核の人をこんな風に恐れていたのだった。いつも父のところへ見える胸の悪い人は、父にとりつがないで帰してしまうことがあって、後で「またおっかさんはそんなことをする。彼には僕はとっても会いたかったのだ！」などといつもと違って随分文句をいうことがよくあった。祖母は、父にまるで小さい子どもにいうように「咳がかからないようにしなさい」とか、「向かい合って坐ってはいけないよ」などと、注意していたが、そんなことをいくらいったって父は「馬の耳に念仏」だった。

「じゃ辻野君は、僕のベッドに寝てもらおう。」

父がいうと、祖母は金縁の老眼鏡をはずして、父をぐっとにらんだ。

「そんなことをしたら、朔太郎に感染《うつ》ってしまうじゃないか。」

祖母は父にまかしておいたら、もう何をされるかわからないというふうに、きっと立ち上った。女中は機嫌をそこねては大変とばかり、手早く蒲団を、祖母のいうなりに運んだ。

離れの座敷に一人分の床の用意ができると、今度は女中に応接間に、また一人分の蒲団を敷くようにいった。

三人は、いきなり蒲団が持ち込まれたので、びっくりして椅子から立ち上った。女中に椅子を片づけさすと、祖母が「つごうでひとりはここでやすんで下さい」と、辻野さんにはっきり

いった。

この時、父は思いがけない驚きと困惑とで、すぐにはことばもでなかったらしい。そして、どもるように、しかもはっきり怒りを込めて、

「こんなところに寝られるものか！　二階の僕のベッドに寝てもらってくれ！」と、ぎょっとするほど真剣な面持ちで祖母の顔を正面から見ていった。が、そういう父にはいっこうかまわず、アッという早さで、祖母は蒲団をのべてしまった。それを待っているようにして、

「じゃ遠慮なくここで休ませていただきます。」

辻野さんはごく自然に、そして静かな口調で祖母にそういった。

その夜、保田さんは離れのお座敷に、辻野さんは応接間に、父は二階のベッドにと、それぞれ別々にやすんだ。祖母は炬燵のある居間に、そして私は子供部屋のベッドに横になった。

私のいるすぐ上の二階からは〝かた、こと〟という、父のねむれないでいるらしい音がいつまでも続いていた。

私はなかなか眠られなかったので、起きて雨戸を開けると、暗い空から際限なく白く光った雪が落ちていた。

外は静かな音のない世界だった。だが、私の心は静かでなかった。

あんなに上機嫌だったさっきは、私まで喜ばせてくれようと「サインをたのみなさい」などと、めずらしいことをいう父だったのに、その父をどんなに暗くしてしまったことか。父なら、

自分は板の間に一晩中立っていたって、お客様は蒲団に寝かせる人だのに、一家の権力を握っている母親である故に、父は祖母のどんな行為にも、思うようにならないのだった。もしかすると、二人とも今夜家へ来られたことさえ後悔していられるかも知れないと思った。

「父をひどいひとと思ったかもしれない。」

父は祖母のことなど、一言だってもらしてないにきまっている。

私が、母がわりの祖母に突き放されるのはこうした祖母の性格が顔を出す時だった。

庭先のぼんやりした街燈の光の中に、まるで羽虫のように、一ヵ所に集まっては、落ちる雪をいつまでも見ていた。

昭和十一年二月二十六日のことであった。二・二六事件のあった夜のことでもあり、この夜は、心にかかるこんなできごとのあった日だった。

おむすび

もう、ここ一ヵ月も連日飲み歩いて終電で帰ったり、時には帰らない夜もあったりして、父の顔は、疲労ですっかりやつれて黒く澱んでいた。

書斎から急ぎ足に降りて来ると、台所で夕方の用意をしている祖母を父は、ふと見ると一瞬ためらうように、

「すまないけど、おっかさんまたおむすび、たのむよ」と、遠慮がちにいう。

祖母は慌てて濡れた手のまま、廊下に顔を出すと、

「また遅く帰る気かい」と、険しい目で父の痩せた腰に、くちゃくちゃに結んでぶら下っている三尺のあたりに目をやると「しようがないねえ」というふうに、大きな息をひとつつき、

「そんなに毎日飲み歩いてばかりいちゃあねえ、それに湯たんぽの火傷の痕だって、まだ癒ってやしないじゃないか。」

「自分の身体じゃないかね、そう毎日、いったいどこへ行くんだね？」

「今夜は寒いから家で飲んだらいいだろう？」などと、嘆息まじりに、ありったけの文句や叱言を並べ、それでも納戸へ行って外出着を揃えて出す。

「着物は、いつものもので良いんだろうね？　朔太郎、朔太郎！　おや？　まさか今の間に、もう出て行きやしないだろうね？」と、気がついて、慌ててあちこち家中を探し始める。

が、どこにも父の姿が無いことが判ると、祖母は、

「あきれたねえ！　あんな恰好で、ハンカチや紙も持たずに行ったんだろうか？」と、大急ぎに納戸から、羽織、ハンカチ、ちり紙を取出し、聞かぬ気性を、まる出しにして、足早に玄関に行くと、

「おや？　下駄が無いじゃないかね」と、大声で言う、

「でもたしかに、今まで庭下駄が出ておりました」と、おどおど言う女中の声を後に祖母は、

勢いよく格戸子を開けて出て行った。

しばらくして帰って来た祖母は、息をはあはあさせながら、さもくやしそうに、

「赤い鼻緒の下駄を、ちゃんと履いている朔太郎をそこの曲り角でたしかに見たので、大急ぎで追いかけたけど、とうとう見えなくなってしまったよ」と、持ったものを力なく畳に落す。

「じゃ、あの赤いぺしゃんこの下駄を、旦那さまが……」

まだ来たばかりの女中は、びっくりしてことばもない。

「出してあれば何だって、おかまいなしさ、だから旦那さまのは、すぐ目につく所に、いつも置いておかなくちゃいけないよ」と、不機嫌に言って聞かす。

「旦那様って、随分変っていらっしゃるんですね」と、恐るおそるいったかと思うと、急に女中は下を向いて笑い出した。しばらくして、何やらお手洗の前で祖母が大声でまた騒いでいる声がする。

「こんなに悪いのに！　だから言わないことじゃないよ、自分で自分の体をちっとも大事にしないんだからねえ。」

怒りと、思いやりを交互に混じえたことばを吐きながら、父が痔ろうのため、点々と落した真赤な血の跡始末をしているのだった。

私も父が、さぞ苦しかったであろうと思われる血を落した後に出合って、びっくりして入口で立ちすくむ時があった。

余程、悪い時なのであろう、蒲団に腹這いになったまま、しばらく、休んでいるが、そうした時でもたいていは、飲みに行ってしまうのだった。

この頃、他の白い洗濯物に混じって、見なれない黒い大きな女物のブルマーが干してあるのをよく見た。（祖母が嫌がる父に汚ごすからと無理にはかせていたのだった。）

祖母の父に対する世話焼きは、その底に深い愛情があったので、父もたいていのうるさい叱言は、聞き流しているのだと思った、けれど、私に対しては、あまり愛情があるとは思えなかった。

感じやすい年頃の私には、祖母のちょっとした冷めたい言葉も、すっかり読み取ってしまい、目の前が、真暗になるほど悲しむ時が多かった。

こうした父のいない夕餉には、特に祖母は機嫌が悪く、血圧の高くなるのを避けて、野菜ばかりのまずい食事をつつきながら、

「洋服は、制服一着あれば充分ですよ」と、前からの私の願いをまるで取合ってくれなかった。

紺サージのジャンパースカートの上に、野暮ったい紺の上衣を着ている私は、家にいる時くらい、自由な服装がしたかった。

「だって、郁子さんだって着ているし、私も一枚くらいほしいわ。」

両親の揃った、暖い家庭の雰囲気のなかでのびのびと自由な服を着ている友達の姿を浮べながら言った。

不服そうな私のようすを見ると、祖母は、持った茶碗をお膳に置き直し、今までより強い語調で、

「母親もいないのに、母親のいる娘の真似をするなんて、とんでもないよ」と、言ったかと思うと、〃お前は、普通の子と違うんだから、何でも控目に、つつましくしていなくてはいけない〃と、子どもの時から聞かされている、身を切るようなことばを、また聞かなくてはならなかった。下を向いて、私はじっと歯をくいしばっていると、白いごはん粒の上に、ポタッ、ポタッと涙がおちた。

砂を嚙むような食事を済ませて、部屋に籠り、祖母に心の中で私は激しく拗ねていた。

梟《ふくろう》のような鳥の声が、すぐ近くの森でした。もう家の中も、すっかり静かになって、祖母のいる部屋からは、聞き馴れた鼾が聞えていた。

虚ろな鳥の鳴き声は、だんだん不吉の予感となって私の胸を騒がしはじめた。

父になにかあったのでは？　そう思いだすと、私は部屋の戸を開けて、祖母に気付かれないように廊下を通り抜け、茶の間を手さぐりで歩き、そして玄関に出た。お手洗の入口に並んでいるスイッチをつけ、何気なく足元を見ると、夕方祖母が拭き残した真赤な血が一滴残っているのを見た。一瞬、まるで変り果てた父の姿をみたような錯覚にとらわれると、吊してあるオーバーを肩にかけ、急いで外に出た。

冷めたい星空に寒い北風が強く、闇に私の吐く息が、白い霧になっては、すぐ消えていった。大きな家ばかりが不気味に続いて、すっかり寝静まった代田の夜道に私の足音だけが、異様に高く響いた。

黒々とした家の続きから、つと左に曲り、墓地の横の細いじめじめした道を、恐しさに息もつかずに通り抜け、見上げるほど高い石垣の続く道に出た。

ふと、かなり向うの曲り角の、ぼんやり灯っている街燈の下に、黒い人間の影らしいものが浮き出されているのを見た。

こちらに近づいてくる気配もない黒い影は佇んでいるのでもなく、また歩いているようにも見えなかった。

息をつめて私が近づくにつれてその影は、紛れもない父の姿だとわかった。

冷めたい風を背に受けて、擦りへった二重廻しの裾は、ぱたっ、ぱたっと、骨ばかりの父の身体をいやというほど、打ちつけていた。

ぐんにやりとした古ぼけたソフトは、父の目まで隠して、長く垂れ下った少ない髪の毛が、泥酔して眠った顔に半分もかかっていた。

街燈の下に何やら佇んだまま、いつまでも動こうとしないのだった。

私は父の傍へ黙って近づいた。しかし父は私に気がついたようにもなく、夜目にさえ酒やけと疲れがわかる顔をこちらに挙げようともしない。

「早く帰りましょうよ！」思いきって父の肩の骨のあたりをゆすぶるようにしていうと、瞬間、大きく瞳孔を見開くようにして私を見て〝なんだ葉子か、それなら安心したよ〟というふうに、またすぐに、とろんとした眼をすると、やっと思い出したように、一、二歩ふらふらっと歩き初めた。

よろけながら、つっかかりながら、歩いては止り、右へ二三歩、左へ二三歩じぐざぐのように歩き、そして今にも前のめりに石に躓《つま》ずき、ころびそうになりながら、やっところばないで歩く。

私は、父のこんな正体もなく酔っているのを見るのが、やりきれなかった。

祖母が、あまりうるさく叱言をいうので、父をこんなに苦しめているのだと思った。何かいって父を慰めたいと思った。

しかし私の思いは、言葉にならなかった。そして不意に夕食の時に祖母に言われた悲しい言葉が、胸につかえてきた。〝おばあさまはお父様がいない時に、ひどいことをいうの！〟

心の中で、繰り返して私は酔った父に呼びかけていた。

見ると、あみだにかぶったソフトから覗いている父の横顔は、まるでかばねのように土色をしていた。

すっかり型のくずれた二重廻しに、女物のペシャンコの下駄を履いている痩せこけた足元には、ゆたんぽの火傷に巻いた繃帯がよごれてまきついて、歩くたびに踏まれていた。

私は黙ったまま、父の酔った歩調に合せて、とぼとぼと足を運ぶと、電柱の灯の下に二つの影は細長く、でこぼこの石ころだらけの道に揺れていた。

時計が二時を打つ音に、うとうとしていた私は、二階のせまい寝室で寝ている父が、まだ眠らないのか、食器のふれ合う鈍い音が、夜の家の静かさを破っているのに気づいた。お腹を空かした父が、蒲団の上に腹這いになって、祖母が父の枕元に用意しておいた、おむすびを食べているのに違いなかった。

「おむすびは、おっかさんに限るよ、若い女の作ったのは嫌だからなあ」と、笑いながら、しかも神経質にこの間もいった父だった。

骨ばった長い五本の指で白いおむすびを、不器用に持って食べている父を私は想像しながら、さっき父にいいそびれた祖母のことを静かに考えていた。

放送のとき

昭和十一年に、父が初めて大阪のＢＫから放送したときには、祖母の気の揉みようは一通りでなかった。

何しろあわてものの父なので、案の定いろいろ失敗してしまい、それに「こんどからは、ちょっと飲まなくてはとても放送室に入れないよ」といったので、祖母の心配はますますつのるのだった。

父は、放送のある日はたいてい、前の晩、飲みにでかけないで、家で晩酌し、早めに寝てしまい、朝早く起きて皆と一緒に朝食を済ませるのだった。そしてタバコをのみながら、ちょっと朝刊を読むとすぐに立って、幾度も二階へ行ったり階下へ降りたりして、原稿やメモなどを揃えているらしかった。心配で落ち着かない祖母は、父のあとをつけるようにして、

「用意はもうできたのかい？　今日は飲まないで行った方が良いよ、この間はすこし飲みすぎたようだからね。」

「朔太郎は早口だから、慌てないでゆっくり話すんだよ、この前は時々聞きとれなかったからね」など、言い続ける。

「おっかさん、そんなに心配しなくても大丈夫だよ。」

父は、てれたような顔で言い、ふっと庭に降りるといつもの散歩のときのように、赤い玉を指にはさみ、それを増やしたり減らしたりする手品をしながら、幾度も行ったり来たりするのだった。

祖母は、台所で父のためにハムを細かく切り、注意深く父の気に入るような半熟のオムレツを作って、早めのお昼を用意すると、庭でしきりに指先を動かしながら散歩している父に「もうそろそろ食べはじめないと遅れるよ」と呼びとめる。父は祖母に言われると、普段よりすぐ

家に入って来て、指先を動かしたまま、茶の間のお膳にかしこまって坐るのだが、まだ赤い玉はきゃしゃな父の指の間でひとつになったり、四つになったりしている。父は指の遊戯に夢中でいるようでもあり、まったく別のことを考えているようでもある。

祖母が傍で不服そうに「もうみんなお給仕してあるのだよ」と言うと、父はやっと気がついて食事にとりかかろうとするが、指の間にあった四つの赤い玉は、素早くどこかに蔵《しま》ってしまったのか、どこにも見当らない。そしてタバコを火鉢に力いっぱいさしこむと、茶碗を左の頬っぺたにくっつけるようにして、まだ考えたままの顔で、不器用に食べはじめるのだった。そんな父を見ると、祖母は急に額に八の字を寄せて、「あっ、前掛はそこに出ているじゃないかね!」という。

父は、祖母の大声に一瞬ぎょっと目を大きくして、初めて祖母の顔を見て、やっと我に返ったように、いつものように前掛を首の後にくくりつけて坐りなおすのだった。

「オムレツはどうだね? この位のやわらかさならちょうどいいだろう? 今日は、いつもよりたくさん食べて行かないと声が出ないよ」など祖母は、あれもお食べ、これもお食べと、あり合せのものなどすすめるのだった。

父がぽろぽろこぼしながら食べはじめると、祖母は安心したように納戸に行き、やがて引出しや洋服ダンスを開けたり、閉めたりしてひとりごとを言いながら、父の外出着を念を入れて調べているのだった。

祖母が行ってしまうと、父はますます膝やお膳のまわりに、御飯粒をこぼしながら、いつものように少しきり食べないで、残りの一口に濃いお茶をかけ、今までよりもっと左頰にくっつけて、下手な手つきでお茶漬を運ぶのだった。

そして首から下った前掛で口を子供のような拭き方で拭くとすぐに、もうタバコをのみだし、前掛をはずして、こぼした御飯にはおかまいなしに納戸に行くのだった。納戸に敷いた、たとうの上には、もう父の洋服が余すところなく揃っている。

愛宕山の放送局に行くには、家から（世田谷中原）一時間半ぐらいはかかるので、祖母は時間を計り、それより早くは父を家から出さないように、時計ばかり見ているのだった。父は、さっさと普段着の丸まった三尺をほどいて、素早く背広に着替えるのだが、やせている上に型が旧式のせいか、いかにもきゅう屈そうで、寒そうだった。そしてきょとんとした顔付で、ネクタイを手探りで細い首にぎゅうぎゅう巻きつけると、てれくさい時にする上唇《くちびる》をとんがらせて、目をぎょろっとさせてから、洋服ダンスの鏡をちらっと見るのだった。

父は私達が、傍で見ているときは、いっさい鏡を見なかった。祖母の外は誰も見ていないと思うときに、瞬間的に見るのである。そしていつのまにか靴下をはいて、気がつくと玄関の帽子掛のソフトを、ひょいと頭の上にかぶせている。

祖母は慌てて玄関に行き「今からでは放送の時間に、まだ間がありすぎるじゃないかね」と一所懸命に、引止めようとするのだが、いつものように、いくら言ってももうだめだと見てと

ると、

「ハンカチは上衣のポケットに二枚入れてあるよ、途中飲んだり寄り道をしてはだめだよ。」「さいふは忘れないのかい?」などと、玄関の上り口いっぱいにのび上って、とっくにそとに行ってしまった父にいい続けるのだった。祖母は、いうだけのことをいうと、やれやれというように嘆息をつき

「まったく朔太郎には世話がやけるねえ」といって、父の散らかした着物を片づけて、すぐにラジオのスイッチを入れるのだった。

だが父の放送があるときに限って、いつもラジオの具合は悪く雑音が入るのだった。祖母は、あっちこっちにダイヤルを廻して、調節を始めるのだが、もともと古くて調子の悪いうえに、祖母があまりいじくりまわすので、もう手のつけられないようなひどい音になる。

「ああ、朔太郎のいるうちになおしておいてもらえばよかった。」祖母は、おろおろして、だんだんあせり始めるのだった。だが釘一本打てない不器用な父に、ラジオなど直せるはずはなかった。そしてこうなることが分って自分の部屋に入ってしまった私に「葉子、葉子! 早くここへ来てラジオをなおしておくれ!」と、しかたなく助けを求める。私はいつも興奮して大騒ぎをする祖母が腹立たしく思えたので「今勉強しているからあとで」とか「今からじゃ始まるまでに、またためになってしまうじゃないの」といって、わざということを聞こうとしなかった。すると祖母は、

「じゃ、葉子にはもう頼まないからね、その代りお父さんの放送も聞かせてやらないよ」と、やっきとなって、大声で廊下伝いの隣の部屋にいる私を叱りとばす。

私も意地を張り自分の部屋の中でがんばるが、腕時計を気にしながら、そろそろ心配になって、部屋を開けて出て見ると、祖母は女中と一緒にまだ、ラジオをいじっているのだった。私を見ると、いかりとあせりで泣き声に変って、

「葉子みたいにお父さんのことを思わない娘がいるだろうか！ 親の放送があるというのに、よくもまあそうのんきにしていられるね」と涙混りに怒り出す。私は家のラジオなら直せる自信があったので、ゆうゆうとダイアルを廻して、ぴたりと澄んだ音にしてしまう。祖母は「早くなおして、おばあさんを安心させてくれたらよさそうなものに」と、ハンカチで目頭を押え、「もっと一杯に音を大きくしておくれ」と、いうのだった。

ラジオは、次第にいつもより活気づいて流れ、やがて、祖母が正確に合せた柱時計が、父の放送の時刻を打つと、真剣のあまり呼吸も荒くなった祖母は身動き一つしない。

いよいよアナウンサーが父を紹介し演題を告げる声が大きく家中に広がると、一瞬緊張した空気が家の中に漂う。顔を一層紅潮させ、どうなるのか心配の余り、ひどく機嫌の悪い表情をした祖母を囲んで、三人は固唾を飲んで父の声を待つ。

やがて聞きおぼえのある父の声が、妙になつかしく、ぽつりぽつりといいにくそうに、つっかかるように聞こえてくるのだった。だが、ラジオから流れてくる父の声は、何だか変で少し

違っていた。時々ふっと父そっくりの生の声になって、聞こえてくると、祖母は胸が一杯になったように、

「お父さんの声だね」と、機嫌をなおして、赤くなった目頭にまたハンカチを当てて、涙を拭きはじめるのだった。父は、なんでも蒲原有明の詩のことを話していた。祖母は目頭から離したハンカチを掌に握りしめて、

「朔太郎のいうことは、全くむずかしくて、お祖母さんにはちっとも分らないよ」と、情けなさそうにいい、そして、

「あんな朔太郎でも、放送に出られるくらい偉いのかねえ」と、感心していうのだった。

そして、途中で父の声がときどきもつれたり、間があくと、

「あれほど言ったのに、やっぱりどこかで飲んだのにそういないね」と、また心配をはじめ、「今、原稿用紙をめくったらしいね」「今、水を飲んだらしいよ」などいちいち気を揉んでいるのだった。

私がちょっとでも何かいうと「だまって!」とひどく叱りつけ、七十歳も半ば近い祖母なのに、一言一句聞き洩らさないで熱心に聞き入るのだった。

やがて二三十分間の放送が無事に終り、また始めのアナウンサーが父の名前と演題を告げると、祖母は柄にもなく面映ゆそうに「朔太郎は今日は割に良く喋べれたよ」と、やっと生き返ったように大きく嘆息をつき、大きな身体を重そうに、ラジオはそのままにして、立ち上るのだった。

タバコとソフトのこと

もともと色のくろい父だが、晩年はことに色がくろくなったようだった。それは父があまりタバコをのみすぎるせいではないか、と思った。祖母は「朔太郎の色のくろいのは、酒やけだろうね」と言ったが、私はタバコやけだろうと思っていた。

祖母の話によると、父の小さい頃は、色も白くておとなしく可愛かったので、ときどき女の子と間違えられたそうだ。

茶の間で食事のとき、祖母は、

「葉子は、朔太郎の一番悪い色のくろいところが似てしまったねえ」とよく言った。

すると父は、お膳のむこうから素早く、ちらっと私の顔を見て、それきり黙っている。祖母は「子どものときなど、見られたものじゃなかったよ」といい続けるのだった。

父は、一日中タバコを手から離したことがなかった。二階の書斎で書きものをするときなどは、まるでタバコのけむりの中に坐っているようだった。冬でも広い板の間に火鉢一つきりで書いて、火鉢の中は吸いさしのタバコが隙間もないほどに、並んでいるのだった。ちょっとのんでは、すぐに灰にぎゅっと突っ込んでしまい、何か考えているときには、それがだんだん早くなるのだった。父がタバコを手から離している時は、寝ているあいだだけだった。

洋服でも着物でも袴でも、すぐにタバコで焦がしてしまったり、お酒のしみをつけてしまうので、父がでかけたあと始末をする祖母は「ほんとに朔太郎のあと始末は一苦労だよ」といつも叱言をいっていた。

きれい好きの祖母はマスクを掛けて、廊下に新聞紙を大きく広げ、父の脱いだ洋服を指先につまんで穢《きた》なそうに持ってくると、ポケットの裏や袂の裏を、恐いものを見るように、そうっとひっくり返すのだった。すると茶色のタバコの滓《かす》は塊になってあとから、あとからばらばらと落ちてくる。

「ちょっと、誰かきてごらん!」とそんな時祖母はまるで、悲鳴のような声で言うのだった。辺りは、タバコの匂いと父の匂いがいっぱいに、漂っているのである。祖母がマスクの上から手で口を押えて、一所懸命に払うのだが、縫目の隅々まで滓は深く入り込んでいて、いつまで経っても際限なく出てくるのである。

「こんなにタバコを吸ったら、身体に毒だろうね」と心配するときもあり、「朔太郎は吸うより捨てる方が多いのだね」ともったいながるときもあるのだった。

父は色がくろい故か、いつも茶色のものばかり身につけていた。洋服や、オーバー、靴、靴下まで若いときからずっと茶色ばかり着ていたらしかった。だから茶色は父の色のような気がする。けれど父は無関心にいつも茶色ばかり、着ているようでいて、やはりそうではないらしかった。かなり晩年になって、エンジのネクタイを茶の洋服にしめていたが、よく似合って若々しく見えた。はじめはきまりわるそうにしめていたが、私がそれ似合うわねというと、「赤くていやだよ」とてれかくしをいうのだった。

父は、若いころは蝶ネクタイにトルコ帽など当時のハイカラのものをしていたそうだが、晩年は帽子はソフトと決めていた。それもやはり焦茶だった。買ってきたばかりのときは、型を自分の気に入るまでいろいろに鏡も見ないで被ったりぬいだりしてみるのだが、だんだん型が崩れて、ぐにゃぐにゃになってしまうころには、もうすっかり型のことなど忘れてどうでもいいような被りかたをするようになる。

酔って帰ってくるときなど、ソフトは不良少年のようにあみだになって、垂れ下った髪の毛は眠むそうな目にかかっているのだった。そして玄関で父は、ひょいとソフトを頭から取ると、帽子掛に素早く掛けて、さっと二階の寒い寝室に行くのだった。ぽつんと取り残された型の崩れたソフトを見ると、私はそれがまるで、父の亡骸《なきがら》のように思われてならなかった。手に取って裏側を見ると、皮は脂ですっかり黒く滲じんで、そしてリボンまでがお酒のしみや手垢で汚れていて、固く結んである蝶結びの結び目を見ると、何だか父の姿をそこに見るようで私は、妙に佗びしく思われてならないのだった。

私の服装など、いっさい祖母まかせだった父だが、何故か帽子を買うときだけは、一緒に行って選んでくれた。たいてい銀座の帽子屋へ行き、私は父の洋服の裾の方をつまんで歩いた。父は、店の入口のところにあるので、ちょっと変った型のを見ると、あれはどうだいといったり、私の頭にかぶせてみたりするのだが、私はなかなか気に入らないので、困ったように、

「葉子には男の子の帽子の方が似合うんだよ」といった。

私は、小学校の終りごろになると、まだ背が小さいのに頭が大きくて、なかなか子ども向きので合うのがなくて困った。

夏休みのころだった。やっと見つかって家に帰ると、茶の間で敷島をのんでいた父は、ふざけて自分の頭にちょっと被ってみた。すると頭の小さい父はぴったり入ってしまうのだった。父はおどろいたように笑っていたが感慨深そうに、

「葉子も、もう僕と同じ大きさになったのだなあ」と言った。

父が、何年も被ったぐにゃぐにゃのソフトは、汚れたままで簞笥にしまってあるが、被ってみてもいまの私の頭にはもう入らない。

ある夜のこと

朝になると祖母は、父の外出した着物や二重廻しを廊下にもってきて、背中にまであがったはねを払ったり、たばこの焼け焦やお酒の染みなどを丹念に調べるのだが、最後にひっくり返

した袂の中から、たばこの滓と一緒に、カフェー、バーなどと書いたいろいろの型のマッチが、滓にまみれて出てくるのを見ると、それをいちいち拾って見ては、

「いやだねえ、またこんなところへ行ったんだろうか」と言うのだった。

そしてしばらく考えてから、「このごろはよく帰ってこないことがあるけど、カフェーとかに女でもできたんじゃなかろうね」などと独り言をいうのがくせだった。

父はある日私を見ると、ちょっと笑いながら「喫茶店に行ったことあるか?」と聞いた。

私は、喫茶店もバーも祖母のいうように、みんなこわい女のいるところだと思っていた。私が、ないというと、

「じゃ連れて行ってやろう」といった。耳のわるい祖母は、へんなときによく聞えるもので、隣の部屋からあわてて出てくると、

「女学生に喫茶店なんてところはもってのほかだよ」と父に怒っていった。

祖母に反対されると、あまり関心もなかったのに、私はかえって行ってみようかと思うようになり、夕方、父について祖母のとめる声をあとにして、二人で家を出た。

小田急に乗って新宿に行き、武蔵野館の前あたりの暗い路地を幾つも曲りながら、迷路のようなところへ父は早足にどんどん歩いていった。私は、父の二重廻しの袖をつかんで不安な気持で歩いていた。

フランス語か英語で、カフェと書いた青や赤のネオンの看板が軒毎に並んで、ガス燈のように、にぶく明滅しているのを見ると、すっかりおじけてしまい、私は来たことを後悔した。しかし父は足早にちょっと左に曲って、黒っぽい扉の店の前にくると、私をふり返ってドアーを押した。私はその瞬間、逃げ出してしまいたくなるほど、おそろしくなったが、ひと思いに父に従って真暗の中に入った。きれいな女の人が二三人入口にきて、「いらっしゃいまし」と賑やかに言って、入口の左側の席に父を案内した。私も一歩一歩父のあとから入って、ボックスに父と向い合って坐った。

祖母のいうように、女の人たちがもし父のまわりを取りかこんだりしたらどうしようと、私はそれが心配でならなかった。父は私にコーヒーを注文し、自分は洋酒を頼んだ。

目が馴れてくると中が見え、私達のほかにはお客が誰もいないのがわかった。女の人達はうしろの方にかたまっていた。

ボックスの向う側にソフトを脱いで坐った父は、まがわるそうに、たばこばかりのんでいた。私もどこを見てよいのか困った。こういう所で父と二人きりになるのが、妙にきまりわるくて嫌だった。

女の人達は来るようすもなかったので、私はちょっと安心して、コーヒーをひとくち飲むと、「どうだい？」と父は煙の中で、脣を尖んがらせたいつものてれくさい時の笑い顔で言った。「こんなとこつまんない」私が言うと、「飲みたいものあるか？」父は私の機嫌をとるかのように言った。が私は、それより一刻も早く帰りたくなってしまったので、「もう帰る」と言った。父は「そうか」といいソフトをかぶり、そしてすぐに二人はその店を出た。

新宿の夜は、ちょっとのまに人が出て、敲《たた》き売りのバナナやさんや、いろいろの夜店で賑わっていた。人通りに面した大衆酒場のような店の前に来たとき、父は私をふり返って、「ちょっと寄ってもいいだろう?」と許しを求めるように言った。

扉を開けると、すぐに女の人達が父の傍に近寄ってきて、「しばらくね! 先生」とくちぐちに言っては父を取囲んだ。私はどこに腰掛けていいのかわからなく、しかたなく父と離れた所に腰かけた。

汚ないテーブルにはお酒が運ばれ、和服を着た女の人達は、かわるがわる馴れたしなやかな手さばきで、父にぐいぐいお酒を注いだ。父はソフトをかぶったまま、お酒を受けて飲んだ。女の人達も飲んで、瞬くまに空になったお銚子は、テーブルの上に並んでしまった。父はお酒のほかはほとんど何も食べないのに、次から次へとお皿に山盛りの食べ物が並べられ、それを女の人達がおしゃべりしながら食べていた。

ほかのお客たちも賑やかに飲んでいて、がやがやとうるさかった。私はこれが祖母の心配するバーという所なのだろうかと考え、はじめてみる光景にすっかりおじけてしまった。

頬杖をついて飲んでいる父は、もうかなり酔ってきたらしく、ソフトがすこしあみだになってきた。私は父に、いつ早く帰るように、すすめようかと困っていたが、よいあんばいに父と私との間にいた、女の人が立ったので、私は父の隣に坐り、「もう帰りたい」と二重廻しの袖をひっぱって小さい声でいった。すると、「おじょうさん、今日は先生久しぶりにいらしたんですもの、まだお帰ししませんよ」と、前にいた一番年を取っている人がいって、「先生は、私がお送りしますわよ」とお酒をまたぐいぐい父に注ぎはじめた。

私はもう泣きだしたくなってしまった。父の帰りの遅いときは、この店でこうして飲まされているのだろうと思うと、私は思いきってもう一人の若い方の人に、「父がひとりで来たときは、帰りが心配ですから、あんまり飲ませないで早く帰るようにいって下さい。おねがいします」とやっと切口上でいった。

胸がどきどきした。その人は笑いながら、「ええ、そうしていますよ、それにかなり酔っていらっしゃるときには、途中までお送りしているんですよ」とあいそよくいった。

父はそのとき顔を挙げると、急に思い出したように、たもとに手をつっこんで大きな口金付の皮のガマ口を出して勘定を払った。それからざらざらとテーブルの上に、残りのお金をみんな空けてしまうように落した。五十銭銀貨や十銭銅貨が重なり合ってガマ口から落ちた。「みんなでわけてくれ」と父がいうと、まわりに集った女の人達の「ありがとうございます」という声と一緒に、たちまち白い手がそこに集まり、お金は一瞬にして、テーブルの上から消えてしまった。

「またいらしてくださいね。」口々に賑やかな女たちの声をあとにして、店を出たときは街は暗くもうみんな鎧戸を降ろしていた。

私があれがチップというものだと思うと、私にはちっとも小づかいをくれないのに、という不満がこみあげてきた。腹立たしい気持で、父を見ると軽い咳などしている父は、私のいることなどすっかり忘れたらしく寒そうに、危ぶなっかしく歩いているのだった。私は父の横顔に、「私にも小づかいちょうだい」となじるようにいった。

うつむきかげんのまま、おどろいたように目を開けた父は、「なんだ葉子もか」といって、二重廻しの中にひょいと手をひっこめ、ぺしゃんこのガマ口を取り出すと、残っていた十銭銅貨二枚を私に渡した。

私はますます不満になったので、それきり口もきかないで、小田急に乗り中原の駅で降りた。二重廻しの袖は、ときどき冷めたい風に吹きあげられて、そのたびに父の痩せた身体が感じられた。家の曲り角まで来たとき父は、「飲んだことは、おっかさんにだまっていてくれ」といいにくそうに、早口にいった。おかしいほどに父の真剣な顔が、街燈にくっきり浮んで見えた。私はだまってこっくりしたが、父はまた睡むそうにさきに歩き出していた。

父のくせ

父には、妙なくせがたくさんあったが、中でもとてもおかしいくせは、右の細長い人指ゆびと中ゆびの先で、ひょい、ひょいと、通りがかりにかならずきまった場所にさわってみるくせだった。

無意識のようでいて、とても神経質に念入りにさわり、酔うとますますひどくなってくるので、見ていても気になりおかしかった。それに鼻のあたりをくんくんいわせるくせも、酔うとひどくて、冬の夜など、遅く酔って帰って、寒そうに咳をしたり、くんくん言って帽子掛の壁を、ひょい、ひょいとさわり、ついでにお手洗の壁までわざわざさわりに行く。それから中廊下を歩くのだが、茶の間の前はちっともさわらないで、階段の曲り角の居間の最後の襖までくると何回でも激しくていねいにさわるのだった。

そして階段をちょっと上ったところで、また右側の壁を瞬間的にひょい、ひょいとさわってからでないと、決して二階に行かないのである。が眠ったような顔で寒い寒いと口ぐせにいいながら、ふわふわと、階段の上の方まで行くと、またせかせかとひき返してきて、今さわったところをもう一度全部の指先で、さあっとそうざらいするように、さすりつけたり、ひょいと指先でふれてみるだけで、気がすんだように上って行くのだった。が、しつこく何度でもわざわざ降りてきては、さわり直しをするときなど、いつまで経っても二階に上って行けなかった。

そんなときは、父に何かがのりうつってでもいるようで、ちょっと気持がわるくもあったし、こっけいでもあった。父のさわる場所は、もう手垢で真黒になっているので、祖母は、

「いくら拭いたって、朔太郎の手垢が沁みこんでいて落ちやしない」と叱言をいいながら毎日

拭いていた。

父は夕方になってでかける時、「おっかさん、少し小づかいくれ」と祖母に遠慮っぽく言うのだった。すると祖母は、

「嫌だねえ、このあいだ渡したばかりじゃないかね。あれはもう無いのかね？」ともんくをいってから、階段の下の隠し戸棚の前に坐って、小さいチリメンの巾着を取り出して、いくらか父に渡すのだが、そのあいだ父は、祖母の前にきちんと坐って待っているのだった。祖母は機嫌わるく、「今日はこれだけにしておいておくれ」とお金を渡すと、

「おっかさん、もう少したのむよ」と父は困ったように言う。祖母は、

「いくらあったって、どうせ水みたいに飲んでしまうんだろう？　痔がわるいのに、だいいち身体に毒だよ。」

「それにチップだかなんだか知らないけど、あんなもの女に取られるのばかばかしいじゃないかね。今夜はこれだけで早く帰っておいでよ」と決めつけるようにいうのだった。

父は、不足そうなすまなそうな顔で、祖母の渡した折目正しい札を受け取ると、口金つきの黒い大きな皮のガマ口にくちゃくちゃと丸めてねじこんでしまい、ぽんと袂に放りこむと、もう玄関でソフトをかぶっている。

「いくら飲んでも、ガマ口だけはしっかり、とられないようにおしよ。」祖母の声は、誰もいない玄関にいつまでも大きく響いている。しかし、祖母がいくらいっても、馬耳東風の父は、

やはり終電車にならなければ帰って来なかった。そしておもしろいことにこうして父が遅く帰ったとき、夜中に私がお手洗に入るとかならず、ぺそっとなった父のガマ口が、タバコの灰と並んで落ちていることであった。

なぜこんなところに、ガマ口を落すのがくせなのか、父らしくもありおかしかった。あるときちょっと開けてみると、五十銭銀貨や十銭玉が少しばかり入っている中に、青っぽい五円札がもみくちゃに一枚丸めて入っていた。

昼頃父は起きてきて、長い間かかってお手洗からやっと出てくると、居間に苦しそうに腹這いになって、タバコをのむのであった。祖母は、父の枕元に立って、

「だからあたしが言わないことじゃないよ。すこしは自分の身体だから大切にしたら、よさそうなもんにねえ。」

「昨夜はどこで飲んだのだね？　早く医者に診てもらったほうがよいよ」など、たえまなく言い続ける。私は、

「ガマ口がまた落ちていたわ、忘れっぽ」とつまんで父に見せると、父はいつもびっくりした顔でちょっと私を見るが、「ふん、そうか、そうか」と恥ずかしそうに笑いながら受けとるのだった。

父はまた、ごはんをぼろぼろこぼすくせがあった。それが酔うといっそうひどくなるので、お膳の上や畳のまわりは、ごはん粒やおかずで散らかってたいへんなのだった。壁にひょい、ひょいとさわるときは、まるで生きもののように敏捷な指先なのに、茶碗を持つときは、左の

頰にくっつけたまま、不器用な恰好で食べる。だからほっぺたと茶碗のあいだから、いつもぽろぽろとごはん粒が散らかってしまった。それにふだんとても無口な父なのに、飲むと同じことばかり、なかば独り言のように幾度もいうので、とてもこっけいだった。祖母が、

「もうわかったよ、さっきから百ぺんも聞いているよ」というが、父はいっこうおかまいなしに、同じことばかり駄々っ子のようにいうので、誰もあいてにしなかった。そして合のてに、うしろの茶簞笥に、ひょい、ひょいと指先でさわるのである。祖母は、「朔太郎の済んだあと片づけはやりきれない」とこぼしていたが、ある晩、父の坐る場所に新聞紙をたくさん敷いて、

「ここに坐っておくれ」といった。が「不愉快だ」と父は嫌がった。それからしばらく経ったある日、祖母はいつものように私に何本も針の糸を通させておいて、しきりに何か縫っていた。見ると床屋のような首からかける白い前掛に、ノレンの残り布を縫い合わせた前掛もあった。

「これをかければいくら朔太郎だって、大丈夫だろう」と祖母は老眼鏡を拭きながら、しきりに針を動かしているのだった。そして夕方になると、さっそく、「朔太郎、今日からこれをかけておくれ」と父の目の前にできあがった変な恰好の前掛を、祖母は広げてみせた。

「何だね？」父は怯えるような恰好で上半身をうしろにそらしたが、やがて祖母にいわれるなりに、きまりわるそうに首から吊るしてかけたが、痩せた身体に前掛ばかり大きくてとてもおかしかった。だがしまいには馴れて、祖母にいちいち注意されなくても、父は自分で引出しからちゃんと持ってきて、首からかけるようになった。

玄関の入口に掛けるノレンは、毎年冬と夏に取替え、そのたびに祖母は、残り布で父の前掛を作るようになったので「朔太郎の前掛け」と祖母が書いて貼った引出しは、しまいには一杯になってしまった。

茶の間の戸棚には、父が考案した据付けの引出しが幾つも並んでいて、一つ一つ名前がつけてあった。

「朔太郎の前掛け」の隣の引出しには「朔太郎のくすり」と貼ってあったが、ここは父専用の売薬ばかりが入っていた。家の者の薬は別の引出しにほんの少し入っているだけだった。

売薬が入れてある引出しは、二階の手品の道具の入っている引出しの隣にもあったがどちらにも、つかえて開かないほどたくさん、ごちゃごちゃ入れてあった。ラボカ、ヱビオス、ジャスターゼ、ノクテナール、アダリン、カルモチン、痔の坐薬、ラキサトールなど幾種類も入っていた。

食事がすむと、かならず自分で引出しをかきまわして、中から二三種類の薬をとり出し、渋いお茶で飲むのがくせだった。だがあまり多量に飲むので、祖母が、「あたしなんぞ、この年になるまで売薬なんてものは飲んだことはないけど、くせになって、そんなに飲むとかえって身体に悪くないのかい?」と心配した。

医者にかかるのが嫌いな父は、どんなに苦しくても売薬ですましていたのである。

人前で肌を出すのが嫌いなのと、無精なのが原因だろうと思うが、やはりそれより、自分で悪いところのあるのを知っていて、それを恐れて、かくしていたのだと思う。

父はとても臆病で、自分の書いたものを悪口など言われるとかなり気にして、幾日も家にこもったきりでそのたびに、すっかりやつれが目立つのだった。こんなに父をいじめる人はずいぶんひどいと、私は思わずにいられなかった。

家にぜんぜん知らない方が見えるときなど、父はかなりの怯びえかたをするが、解ってしまえば、とてもあけすけに明るく応対した。

父は話をするとき、早口でことばがもつれたりして、ちょっと舌足らずの感じで話すが、飲むとすこしゅっくりになってくる。そしていつも伏目で相手の顔を見ないが、なにかの拍子に不意に顔を挙げて、おどろくほど大きな目で一瞬相手を見て、すぐまた目をそらしてしまうのが父のくせだった。

昭和十三年の冬、父は文化学院で詩の講義をしたことがあったが、私は父を見ていても気が気でなかった。

すっかりあがってしまったらしい父は、いつもよりますます早口で聞きとりにくく、おまけに黒板と話をしているように横やうしろばかり見て、とうとう最後まで生徒の方は見なかった。

私は、あれでは生徒から挨拶されても分らないで、困るだろうと思っていると、ある日父は笑いながら、「樋口一葉のような、クラシックな少女がいるが、なんというひとだね？」と私に聞いた。いつも和服に紫の袴をつけている坂井さんのこと（現、舟越保武氏夫人）だろうと思い私は教えたが、父はいったい、いつ見たのだろうと思うとふしぎだった。

「朔太郎は見ていないようでいて、ちゃんと見ているからおかしいよ」と祖母も感心してよく言っていた。

父の枕元

父の枕元には、素焼きの粗末な灰皿に、吸口つきのタバコをはじめとして、囲碁の切りぬき、立体写真、雑誌、催眠薬、それにおにぎりなどがおいてあり、ごちゃごちゃしていた。

家を新築したばかりのときは、父はベッドの方が好きだといって、二階の南側の書斎の明るい窓辺にベッドを置いて寝ていたが、いつのまにかやめてしまい、暗い穴ぐらのような三畳に寝るようになっていた。

屋根が高く、その屋根裏の二階は父の書斎だが、広い書斎に比べてこのへやは家中でも一番質素な和室だった。それに風通しは全く悪く、たったひとつの高窓は東向きなので、夏は早くから朝日が射し込み、冬は陽が射さないで寒く、一日中陽の目を見ない牢のような感じのへやだった。それでも父は、このへやがとても気に入っているらしく、書斎で書きものをしないときや、身体の悪いときは階下にも降りてこないで、一日中ここで寝ていることがよくあった。

そんなとき私がお茶を持って行くと、へやいっぱいタバコの煙がこもった中に、堅い木綿の蒲団に痩せた身体を痛そうに腹這いになっているのだった。そして新聞の切り抜きの囲碁をいつものせっかちの父に似ず、とてもゆっくり見ていたり、また指先の手品などを研究していたり、家相の本やニーチェなどの哲学書や、『キング』などを枕元に置いて読んでいることがあった。

だが、父の枕元にあるもののうち、いちばん印象にあるのは、立体写真であった。父は二十代のころから、写真に凝って自分で焼付け、現像などしていたというが、私の幼時のころの記憶では、もう立体写真に凝っていたように思う。

細いボール紙の板に同じ二枚の写真を貼り、それを眼鏡に入れて見ると、浮き出して見えるのである。

昭和四年に母と別れてから前橋へゆき、その後また上京して東北沢、下北沢などと引越し、しばらくは落ち着かなかったが、家を建ててから父がいつのまにかベッドをやめてこのへやに寝るようになっていたときのある日、私は父にお茶をもってゆくと、いつものようにタバコの煙がへやいっぱいに漂った中に、父は腹這いになって見覚えのある立体写真に見入っていた。が私を見るとあわてて写真から顔を離してこちらをむき、まるでわるいことでもしていたようにおどおどしているのだった。そして「ありがとう」と早口にいい、寝巻の袖を肘までまくったままの姿勢で、そそくさとお茶を飲み、私が早く行ってしまうのを待っているらしい様子であった。

書斎にいるときもそうだが、いつも父はひとりでいるときに、誰かに入られることをとても嫌やがった。だが「うるさい」などとは、けっしていわず、逆に自分が気がひけて逃げ出すような素振りに、小さくなってしまう。

私は急いでへやを出たが、それからは書斎で仕事の合間にも、父はよく立体写真を見ていることがあった。

整理など全然できない父だが、これだけはそこいらに出しっ放しということはなく、父が大切なものを入れておくのだという北側の書斎の、ガラス戸棚に、ちゃんと蔵っていた。

私はあまり関心がなかったし、父がこれほど大切にしているものだから、さわらない方がいいと思って、父に見せてほしいともいわなかった。がある日、祖母に頼まれて、私はいつものようにお茶を持って二階に行くと、父の姿はどこにもなく、寝室を開けて見ると蒲団はもぬけの空だった。だが今までたしかにここにいたらしく、枕元の素焼きの大きな灰皿には口元までタバコの吸いがらがあふれ、紫色の煙を細く立てていた。

立体写真の入れてあるボール箱のふたは、開いたままになって置いてあり、そして父の手垢のついた壁の下には『眠られぬ夜のために』が寒そうにおいてあった。私は父に悪いと思いながら、立体写真をひきよせそっと眼鏡をのぞいて見た。しかし高窓からは一条の陽もさしてないので、レンズは暗くて何も見えない。父の匂いのしみこんだこのへやは、昼間でも陰気で不気味なほどしずまり返っているのであった。私は恐ろしくさえなって、もうへやを逃げ出したいと思った。が、勇気を出して高窓を開けて光線を入れ、そしてまた写真をのぞいて見た。

しかし明かるくなると、こんどは古ぼけたレンズの傷跡ばかりが、白ちゃけた光の中に見えるばかりで何も見えなかった。

私は写真を入れてないことに気がつくと、ボール箱から手あたり次第に一枚取り出し、写真機にさし込んだ。

するとどうしたことだろう！　つまらない写真だと思っていたのに、まるで生きもののような絵がとび出してきたのだった。私はおもしろくなって、いろいろに写真を入れ替えてみた。だが、見てゆくうちになにか、もどかしい幻想の世界が現われてくるばかりで、私はしだいにいい知れない寂しい気持になり、しばらくは父の冷んやりした固い蒲団の上に、坐ったままだった。

それはたいてい父が自分で焼いた手作りのものらしかったが、外国製らしいのもほんの少しまざっていた。

父の若いころ、父の仲のよいいとこと赤城山で鹿と遊んでいるのもあったが、まだ母と一緒のころ住んでいたときの大井町や大森などの、屋根におしめの干してある風景などが小さいボール箱二つに、軽く入っていた。

その夜はかなり寒い晩だったが、父はすりへった二重廻しを着て、いつものように飲み歩いたのか、やっと終電車で帰ったらしく乱れた足音が廊下にすると、すぐそのまま二階に消えるように上っていった。

祖母が、夕方早めに父の蒲団に湯タンポを入れ、小さいおむすびを父の枕元に用意していた姿を私は思い浮べながら、このごろは父の細い身体も一層痩せたように思うのだった。

翌朝遅くなって、父は血の気の淀んだ苦しそうな顔で、左足をひきずって降りてきた。私はびっくりしてわけを聞くと、

「いや、何でもないよ」とてれたようないつもの顔をすると、父は売薬の入れてある引出しを開けて、薬をいそがしくさがした。台所にいた祖母は、さっそく父を見つけると、ゆうべは痔がわるいというのにあの寒さに、いつまで待っていても帰って来ないで……と機嫌悪くいいながら、父の様子に気づくと、

「また火傷《やけど》したんだね！　そんなにひどいんじゃ、すぐにお医者にゆかなくてはだめだよ」と、メンソレータムをつけている父の足元をのぞきこんでいうのだった。父のきんと尖ったアキレス腱のすぐ上は恐ろしいほど赤黒く火ぶくれした皮膚に変っていた。

祖母は眉をよせて、

「そんなにひどいのにメンソレータムぐらいじゃだめだよ、こじらすと大変だからすぐ医者におゆき」と嫌がる父をむりにすすめて、とうといかせてしまった。そしてそのあとあわてて二階へ行き、こわいものでも見るように蒲団の裾をまくって、ぐっしょりぬれているのを見ると、もうぐったりと気が抜けてしまったように嘆息をつき、

「こんなになるまで知らずに寝込んでしまったんなら、昨夜はよほど飲み歩いたんだろうねえ。」

「懐炉《かいろ》じゃこのあいだのように骨まで大火傷するから、湯タンポにしたのに、それでもこれじゃ、もうやりようがないじゃないかね」と情けなそうに、蒲団を抱かえ、手早く階下へ乾しにゆく。

いろいろのものが、ごちゃごちゃ散らばっている枕元には立体写真が昨日のまま置いてあり、そのわきには強い催眠薬の空ビンがころがっていた。こんなに飲んでは火傷するのも当りまえだと私は思った。しかしまた祖母が見つけるとたいへんなので、原稿用紙のたくさん捨ててある南側の書斎の紙屑かごの中に私はそっと捨てにいった。


それからしばらくたった冬、ちょっとした風邪をこじらせて、父はここで寝ついて亡くなった。亡くなったときは階下のへやだったが、もう父のいないこの寝室に入って見ると、しばらく閉めきったへやは、父の匂いとタバコのにおいがいっぱいこもって、いつもの固い蒲団もそのまま敷いてあり、父はまたこの蒲団に腹這いになって、立体写真を見るように思われてならなかった。灰皿や売薬で散らかった枕元には『ガリア戦記』と、いつかも私がここで見た『眠られぬ夜のために』が読みかけのところを折ってあり、太い鉛筆でくせのある父のしるしをつけた跡が、暗いへやでもよく見えるのだった。

そして立体写真は北側の書斎のガラス戸棚の真中に、これだけがぽつんと大切そうにしまってあった。

父と迷信

父は、時としてずいぶん迷信家であったように思う。

祖母でさえ「朔太郎はほんとにごへいかつぎだね」と、いうほどだった。

家を新築するときにも、父は「家相学」に随分凝ったようだった。

当時、私はまだ小学生だったので父が家相を、どのように考えて設計したかは、わからなかったが、新築した家の書斎や屋根裏の本棚などには、幾冊も家相に関する分厚い書物が、並んであったり、寝室にもよく家相の本が、おいてあったので、かなり神経質になっていたらしかった。

そしてよく、「この家は、とても家相のよい家なんだよ」と得意になって、人にも話していた。

「だがあまりよすぎてもかえって悪いので、わざと辰巳の方角にちょっと悪い所を作っておいたのだよ」と説明した。

そのたった一つの悪い所というのは、ちょうど来客用のお手洗に当るのだった。そして隣りは、私の子供部屋だった。

お客様用の玄関が東側にあって、並びにそのお手洗があるのだが、夏など朝日が射すので、臭気が隣りの私のいる子供部屋に匂ってくることがあって困った。

また、「鬼門に当る所には、門を作ると絶対に悪いのだよ、だから鬼門からずらせて何々の方角に門を作ったのだよ」と大へん得意そうに話してくれるのだった。

しかし私はこわがりやだったので、父が、いくら「僕がかなり研究したんだから、家相はどこをみても絶対にだいじょうぶだよ」といっても、夜になると、来客用のお手洗や玄関のあたりや、その続きの暗い階段や、応接間がこわくてならなかった。

家ができてからしばらくして、父は、この家に電話をつけたいといった。

春の終りごろの或る日、やっと抽せんがあるという通知を受けた時、父はとても喜んで、当たればいいがといっていたが、その日になって、和服に一重羽織のようなうすい羽織を着た父は、ちょっとおかしそうに、

「おっかさん、しゃもじを持ってきてくれ」といった。祖母は不思議そうに、

「しゃもじってあのごはんのかい？　そんなもの何にするのだね？」というと、

「背中にしゃもじを背負って行くと、かならず抽せんに当るおまじないだよ」と父は少してれくさそうに、いうのだった。祖母は、「そんなおかしなおまじないは、聞いたことないね」といって、台所から大きな乾いたしゃもじを一つ持ってくると、

「ものはためしっていうからね」といいながら父の背後に立って背のびをすると、父の衿元から、しゃもじを一所懸命に差し込み、

「この辺りかね？」とはあはあ荒い呼吸をしながらいうのだった。「もっと中だよ」と父にい

われると「じゃこいらでいいかね」などといいながら、やっとしゃもじの落ち着いたところは、三尺の結び目のあたりだった。

祖母が、父の背中のしゃもじの上を、手でぽんと敲いて「これでいいだろう」というと、父は、きまりわるそうに、へやの中を笑いながら歩いて具合を調べるのだが、父が身体を動かすたびに、出しゃばったしゃもじの形が、羽織の上からでもわかるのだった。祖母は、「気をつけないと、とび出してくるよ」とか、「途中で落ちてきやしないかね？」などしきりに気を揉むのだった。そして仕度がすむと

「こんなに苦労して行くのに、当ってくれればいいがねえ」といいながら、気まり悪そうにしている父を玄関に送り出すのだった。

「本当にお父さんのいうように、おまじないが利くんだろうかねえ」と半信半疑で、祖母は心配しながら父の帰りを待った。

夕方早く、玄関がいせいよく開くと、父が得意そうに「おっかさん、おまじないが利いたよ」とにこにこして帰ってきた。祖母は、

「そうかい！　まさかしゃもじで当るとはねえ……だけど朔太郎は、いったいどこでそんなおまじないを覚えてきたんだね？」と感心しながら、さっそく父の着物を着替えさせ、背中から取り出したしゃもじをつくづく見るのだった。

上機嫌の父は笑いながら、

「落ちやしないかと気になってしようがなかったよ」などといって、抽せんの時のもようなどを、おもしろそうに話し始めるのだった。

「最後の方になっても、僕の名を呼ばなかったので、もう帰ろうとしたら、名前を呼ばれたのでびっくりしたよ」と、まるで無邪気な子どものように虫歯を見せて笑うのだった。

祖母がすっかり感心していると、父はとても得意そうに、

「初めての抽せんに当ったのだから、僕はそんなにくじ運が弱くもないんだな」という。すると祖母は「朔太郎は子供の時から、福引で一等を当てたり、火鉢なんかもよく当ててきたものだよ」と、父の子どものときの昔ばなしを始めるのだった。

当った番号は、松沢の四四三番だった。

父は「あと一番で、四四四となるところを、最後が三となったのでいい番号だったよ」というのだった。

（当時はまだ旧市外は手動式の受話機だったが、後にダイヤル式になって二四四三番と改正された。）

毎年二月三日の節分がくると、私の家はとても賑やかだった。

夕方になると、祖母は豆を一升桝に山盛りに入れて、それを父のところへだいじそうに持って行き「よく払っておくれ」というのだった。父は和服に袴をきちんとつけて、改まったよう

に祖母から桝を受け取ると、雨戸を一枚開けて、もう暗くなっている庭の方に向って、二三度咳などすると、

「鬼はそと、鬼はそと」といい、それから今度は部屋の内に向って、「福はうち、福はうち」といせいよく豆をまきはじめるのだった。祖母は父のあとからついて、

「福が逃げないうちに、早く閉めよう」といって、急いで雨戸を閉めるのだった。そして、茶の間、お座敷、子供部屋と、一部屋ずつ父が豆をまいていくうちに父の声もだんだん大きく、じょうずになってくるのだった。家の中は散らばった豆だらけになってしまうのだが、そんなことにおかまいなしに、階下が済むとこんどは二階へ行き、やはり一部屋ずつ、「鬼はそと、福はうち」を操り返す。そしてやっと全部の部屋がすむと、こんどは家中が居間に集まって、自分の年だけ、畳に散らかっている豆をひろってくるのだった。

「葉子なんかは若いから少しで済むけど、おばあさんのようになると、数えるだけでも大変だよ」と祖母はいつでも一番あとまで、豆の数を数えている。袴をつけた父もきちんと坐って自分の年の数を拾って、家中の年の数が半紙の上に集まると、その中にいくらか祖母はお金を入れ、半紙の先をきりっと結び「朔太郎、たのむよ」という。

父はそれをふところにそっと入れると、そのまま、どこかへ行ってしばらく帰ってこない。

私はいったい何しに行くのだろうと思って、祖母に聞くと、

「人に見られないように、四つ辻に置いて、後をふりむかないで、急いで帰ってくると、厄払

いになるんだよ」といった。私は父が置いてくるところを知りたかったので、帰ってから聞くと、「そんなことを教えると、厄払いにならなくなるよ」と教えてくれなかった。暗いお地蔵様のある四つ辻か、それとも小さな道祖神のあたりかと、私は父の置いてきたところをいろいろ想像してみるのが、何となく楽しかった。

また父は、毎年のお正月には川崎のダルマ市に行き、ダルマさんを買ってくるのが楽しみのようだった。

書斎の棚の上にわりあいに大きいのや、小さくて可愛い顔のダルマさんなどを並べておき、年毎にダルマさんの数は増えていった。片目を入れたまま、ほこりだらけになっているのや、まだ両眼とも真白のもあった。

祖母の話によると、何かの願いごとがあると片眼を入れて、その願いごとが叶えられたときに、両眼にして川に流すのだそうだ。(父が、両眼になったダルマさんを川に流しに行ったのを、私は一度も見たことはなかった。)

父がかなり晩年になってのお正月も過ぎた頃のことだった。私がなにかのことで父の書斎に行くと、火鉢もなく寒そうな隅に父はしょんぼり坐っていた。見ると新しいダルマさんを、前において、硯をすっている。げっそりと頬の肉は落ち、顔いろもわるかった。私に気がつくと間が悪そうに軽い咳などをするので、「眼を入れるの?」と私はいった。そしてすぐに階下に降りてしまったが、父が目を入れるところを見たのはこの時初めてだった。そして父のやつれた顔を思うと願いごとが早く叶えばよいと、私は思わずにはいられなかった。

また、晩年には、父は催眠術にも関心をもったようだった。

晩酌のときなどにも、少し酔ってくると変な手つきで、手をふってみたりしながら飲んでいることがよくあった。

ある晩のこと、かなり酔いがまわっているらしかったが、父はしきりと私に催眠術の話をはじめた。

「そんなもの、私なら絶対にかかりはしないわよ」というと、

「初めはそう思っていても、だんだんかかってしまうんだよ」という。「絶対にかからない」と私は自信をもって幾度もいうと、

「そうだろうなあ、今の若いものはなかなか、かからないだろうなあ」と父は急に弱気になって、ひとしきり何か考えているらしかった。が、ふと立ち上ったかと思うと、茶ぶ台の向う側から、こっち側の私の前に早足で来て、

「葉子、ちょっとためしてみるから、立ってごらん」とまじめな顔でいった。

父のそのようすはあまり真剣だったので、気のせいか父に何かがのりうつっているように思え、私は気味わるくなってしまった。そしてさっき強がりを言ったことを急に後悔しはじめた

が、私は平静を装い、おそるおそる父のすぐ前に立った。すると父はふらふらしながら「目をつぶりなさい」といって、私の頭の上に手をかざすので、仕方なく目をつぶると、両の掌を裏返したり、ふったり奇妙な手つきで、しばらくぶつぶつ口の中で何か言いながら、おまじないをしているのだった。私は気味わるくなって、目をあけてしまうと「ようすけは、目をあいちゃだめだよ」といって笑い、ふらふらする足つきでまたやり直しをするのだった。

私はだんだん自信がなくなって、今にも眠くなって、火鉢の上にばたんと倒れてしまうような気がしたので「いくらしたってかからないから、やめて」と目をあけていうと、

「やっぱりようすけはかからないな」とあきらめたように元の場所へさっさと帰って、また飲みはじめるのだった。私はほっとしたが、その時催眠術なんてもうこりごりだと思った。

昭和十三年ごろのことだった。私は父の書斎の本棚から『旅愁』をなにげなく取り出して読み始めた。

表紙の見開きには、「萩原朔太郎様　横光利一」と署名がしてあった。（このころ横光さんは家も近く、私の家にもよく来られた。）

私は『旅愁』を毎日おもしろく読んでゆくうちに、ふと気になるところがあったのだった。それはやはり「家相」のことだった。

その家相だと、そこの家の娘が二十三歳になると、かならず大きな不幸がやってくるという

のであった。

その家相は私の家でいうと、父が一カ所わざと悪い所を作ったという、例の東向きの来客用のお手洗に当る所と、ぴったり一致しているのであった。

私は父のいう家相などあまり信じていなかったが、やっぱり気になるので父にそのことを話してみた。私は何気ない気持でいったのだが、父はふっと暗い顔をして「そんなこと、ほんとうに書いてあるのか」というと、だまってタバコばかりのんでいた。私は「迷信にきまっているわ」といい、もうそのことにはふれないようにした。父もそれきり何もいわなかった。しかしその後何年か過ぎ、私が数えで二十三歳になった春、父は急性肺炎で、あっけなく亡くなってしまったのだった。

父が、家相には特別に注意して建てた自慢の家だったのに、〝あまりよすぎると悪い〟といって一カ所悪い所をわざと作ったのが、本当に致命傷になったのだろうか……

父の亡きあとの書斎には、いつか父が、寒そうな板の間でしょんぼり硯をすって眼を入れていたダルマさんが、まだ片眼のままで棚に置いたままになっていた。

祖母のこと

祖母は、毎朝かならずかなり遠くの髪結いさんにでかけて行き、洋髪ふうの日本髪に結って帰ってくるのが、日課だった。

たまに髪結いさんに行かないで、伯母達に結ってもらっているところを見ると、頭の真中にカッパのお皿のような、とても大きな禿があった。こんな大きな禿があるのにどうしてうまく髪が結えるのかと思うと、禿の真中に柄《え》のついた黒い丸いものをペタンと貼りつけ、その柄と一緒に髱《たぼ》の毛を集めて、黒い水引のような元結《もとゆい》で、堅くしばってから髪を結い上げているのだった。

祖母は、大柄で背もかなり高く大きな日本風の髪がよく似あった。

髱の毛は余るほどたくさんあって、

「少し禿のほうにまわってくれればいいのだがねえ」と口ぐせにいっていた。

「元祿」の毛染で染まった赤銅《あか》に熱いお湯を入れて、くせなおしを叔母がするとき、

「葉子のおっかさんは、ひどいくせがちょうど前髪にあって、とても困っていたっけがね」というのだった。叔母が髱止めをして結いあがると、祖母は、手鏡をまわすようにして形を眺め、

「今日はよく結えたよ」といい最後に自分で、長年使いこんだ小さいべっこうの櫛を髪の真中に、挿すのだった。

祖母は、白くならないうちに染めてしまうので、髪の毛はいつも真黒だった。ときには髪形を変えて、現代ふうに結ったり、若づくりに結ってくることもあったが、私はやはりいつも見馴れている髪が一番好きだし、新しい髪は祖母の顔になじまなくて嫌だった。私が「今日はなんだかおかしいわ」というと祖母はがっかりしたように、

「髪結いさんがすすめたのでねえ」といって鏡の前に坐り、手鏡を右手に高く持ち上げて、二三回ぐるぐると廻わしたかと思うと、

「ほんとにおかしいねえ」といい機嫌が悪かった。が、うまく結えたときは一日中機嫌がよかった。

髪をたいせつにする祖母は、夜寝るときには、赤い箱枕にうすいちり紙を敷いて、髪がこわれないようにうまく寝るのだった。

祖母は、髪が結えるとこんどは仏壇を開いて、お線香を立て鐘をたたいて祖父の位牌に、丁寧に掌を合せておがむのだった。

「一家が、こうして楽に暮して行けるのは、みんなお祖父さんのおかげなんだよ、お父さんの原稿なんかじゃ、この家は暮してゆけやしないんだからね」という。

食事のとき祖母は、また仏壇へ行って鐘をたたくと、金物に入れた御飯を取り出して自分のお茶碗にぽんとあけて、それを平気で食べてしまうのだった。

朝も昼も夜も御飯前には、かならずお線香を立てるので、お線香の匂いの嫌いな父は、

「おっかさん、僕が死んでもお線香だけは、たてないでくれ」といった。

身体はとても丈夫な祖母だったが、欠点は血圧が高いときに、耳鳴りと肩凝りがひどくなる

ことだった。

血圧が高くなると、祖母の機嫌も悪くなるし、なによりも困るのは大声を張りあげなくては聞こえないので、しまいには家中がまるでけんかみたいになってしまうのだった。

血圧の高いときは、祖母の肩凝りはひどいらしく、一日に何度も私は肩たたきをさせられた。

私は、祖母の背中に私の両の膝頭を、ぴったりくっつけて、立て膝に坐ると祖母はすぐにたたきやすいように、着物の衿をたるませてぐいとぬき衣紋に後へ引く。すると私は、ゆるんだ衿をつかんで思いきり肌襦袢まで下へ降ろして、赤く腫れ上ったような肌をむき出しにしてから、ゆっくりとたたき始める。

祖母は、私にされるままになって首を下へ垂れ、ぺしゃんとした坐り方に直って、「今日は随分張っているだろう」と目をつぶっていうのだった。私は、だんだん疲れてくると、遊び半分にろくに力も入れないで、祖母の肩をいじくり廻しているだけだが、叱りもしないで「疲れたろう。もういいよ」というのだった。そうしたときの祖母はやさしくて好きなので、年寄りくさい匂いに浸って「まだいいわよ、どこがはっているの」とわざと聞いたりするのだった。そして今度は思いきり力を入れて肘を立て、堅くもり上ったところをぐりぐりと揉むとやっと「ああ楽になったよ、ありがとう」と顔をもち挙げていう。

私は、祖母の垂れた衿をまたぐっと持ち上げて、着物を着せると、上から下へ三べん、さっとなでおろすのが習慣だった。

そうすると、ほぐれた血がもとに戻らないからだと祖母がいうからだった。

祖母の趣味は、芝居見物と百貨店に行くことだった。

歌舞伎は年中行事のように観にいって、菊五郎、福助、猿之助、羽左衛門の話になると、さいげんなかった。(祖母はいつも叔母を誘っていった。)そして芝居なら明治座でも新国劇でも何でも好きだったが新劇だけは、まるで敵《かたき》のように嫌いだった。

だいぶ生地もなくなったころ祖母は、黒のベルベットのコートを叔母とお揃いに作り、リスの毛の衿巻を掛けて芝居にでかけるのだが、リスの衿巻は祖母を意地悪く見せて嫌いだった。

祖母の着物道楽は、もう若いときからのようだが、まだ一度も袖を通さないという着物が、何枚も箪笥に蔵ってあるのに、

「珍しく、こんな地味な柄が見つかったよ」と買ってくるのだが、私が見るとどれもみんな同じ柄に見えた。

「洋服は洗い張りも、染直しもできないから、不経済だよ」と嫌って、私には外出着がなくても買ってくれなかった。

洋服は大嫌いな祖母だが、ある暑い夏のこと、叔母達に勧められて、とうとう家にいるときだけ、アッパッパを着てみることになった。「かぶるのはまっぴらだよ」というので大きく前を開けて足の方から洋服をはいて、袖を通すと、

「いやだねえ、こんな変てこなもの……」と内股に曲った足をみせていった時は、思わずみんな大笑いをしてしまった。

祖母も、足を出すのを嫌やがって、いくら長く作っても、もっと長くといい、まるで袴のような長いのを着て、危ぶなっかしく内股に一歩一歩あるく。洋服のときは、いくらアッパッパでも内股に歩いたんじゃおかしいと、みんなにいわれても、足の骨がもう曲っているので、直らなかった。

「女は、子供のときから内股に歩くように、躾けられているのだよ。だのに今の娘はまるで男だか女だか、わかりゃしない」と祖母はいつもいった。

また、とてもきれい好きな祖母は、洗濯をためておくのが大嫌いで、毎日、下着の洗濯をした。女中たちが「奥さま、私が洗います」というと「旦那さまのものと、あたしのものは自分で洗うから、さわらないでおくれ」といってけっして誰にも洗わせなかった。

冬など、風呂好きな祖母は、私などひりひりして手も入らない熱い五右衛門風呂に、ときには二時間も入っていることがあった。あまり長いので心配になって、そっと開けて見ると、真赤にゆだった祖母が、はあはあ苦しそうな息をしながら、

「あとこれだけだから、洗ってしまおうと思ってね」と洗濯の山と取り組んでいる。こんな時いくら止めてもむだだった。湯上げタオルで腰をくるんで這うようにして、風呂場から出てく

ると、「水を早く……」というなり真赤な顔で横にのびてしまうこともあるので、祖母が無事に出てくるまでは、私は心配だった。

父は、反対にとてもお風呂が嫌いで、祖母が無理に勧めなければ、幾日でも入らなかった。祖母は、いらいらしながら今夜こそ父をお風呂に入れようと、蒲団の中で遅くまで眼を覚まして待っていることが、よくあった。

夜遅くなってやっと父が、飲んで帰ってくると、いきなり大声で、

「朔太郎！ 今夜こそお風呂に入っておくれだろうね、もういったい幾日入らないと、お思いだい。」

怒るときは、いつもより丁寧なことばで言うのだった。けれども父の方はまったく気にもとめないで、ふんふんといつものように、祖母のいうことを聞き流して、そのまま湯殿の前を素通りして、二階に行きそうになるので慌てて、

「さっきから、火を絶やさないようにして、待っていたんだよ、とってもいいお湯だからすぐおはいり！」

熱いお風呂の嫌いな父は、「いいお湯」などと聞いただけでもおじけてしまうのに、祖母にはそれがまるでわかってない。

「朔太郎！ 聞こえているのかい？ こんなに寒い晩は暖ったまって、寝なくては身体に毒だよ」とたて続けにいう。

父は寒そうに軽い咳をしながら、階段の中途で「明日にしてくれ」とうるさそうにいうと祖母は、ますます大声で、

「こっちのつごうもあるのだよ、朔太郎ひとりのために皆が迷惑しているんだからね、なにしろ今夜はともかくも入っておくれ！」

「下着は籠に揃えて入れてあるから、忘れずにぜんぶ取り替えておくれ」と命令するような祖母のいいかたに、さすがの父も、ふわふわとした足で、階段の途中から引き返して、降りてくると脱衣場でちょっと咳などしている。が、すぐに風呂場でことこと桶のぶつかる音がしていたかと思うと、いつのまにかまた戸が開いて、そのままどんどん二階に行ってしまったらしく、音もしなくなってしまった。

祖母は慌てて、

「おや？　まさかもう出たんじゃあるまいね。朔太郎！　これから入るのかい？　ぬるいのかい？」祖母がいくら気を揉んでも、父はそれきり二階でひっそりして音もない。祖母は、急いで寝衣のまま湯殿に行って見ると、

「あきれたねえ！　あの早さで入ったらしいよ、カラスの行水とはこのことだよ、せっかくこんないいお湯にしておいたのに」とさもくやしそうに水洟《みずばな》をすすりながらいい、

「おや？　あんなにいったのに、ちゃんとまた下着を取り替えてないのだよ、きたないだねえ、いったい朔太郎にはどこに置いたら、目につくのだろうか」とまたひとしきり騒ぎ始めるのだっ

た。

きれい好きの祖母が、いちばん嫌やがるのは、埃だった。食事のときに埃がたつと「ああ！」と悲鳴を挙げて、右手を振って食物の上に浮いている埃を真剣になって払う。誰かが座蒲団などを、ばさっと敷くと大変怒って大騒ぎになるのだった。けれど父は、そんなことにいっこう無頓着で、祖母の騒ぐのをまったく意に止めないでいるのだった。それにそそっかしい父は、お燗の水を火鉢にじゅっといわせて、ひっくり返すことがよくあった。灰はたちまちお膳の上に広がり祖母は顔を真赤にして、「このひどい灰をどうしよう？　雑巾を誰か早く！　まったく朔太郎にはあきれてものもいえやしない」と繰り返し叫び続け、両手を振って一心に灰を払おうとするのだった。しかし父は「灰ほどきれいなものはないのだよ、おっかさん」という。祖母はあっけにとられて「朔太郎はまったく、きみょうなことばかりいうよ」というのだった。

祖母は、毎日朝と夕方、自分の寝る部屋を掃くときは、ガーゼの手拭を結いたての髪にふわっとあねさまかぶりにして、襷がけで、上等の箒ですっすっと掃き、お天気の良い日は「今日はよく埃がでること」とたいへん機嫌がよいが、お天気の悪いときには「ちっとも埃が出やしない」と機嫌が悪い。祖母の寝る部屋は、家中で一番いい部屋を二部屋使っているが、父の寝る部屋は暗い三畳だった。そして掃除をされるのが嫌いで、万年床だったので祖母は、父の寝室と書斎の埃が気にさわって仕方ないのだった。しかし父に嫌やがられるのでがまんしているが、しまいにはもう、がまんならないとばかり、父の留守のときをねらって、急いで身仕度をすると、一番悪い箒を持って、二階に行き、きまって、「誰かきておくれ！　この埃のありようったら！　とてもあたしひとりじゃ手に負えやしない！　マスクをもってすぐきておくれ」と悲鳴をあげていう。女中があわてて祖母のマスクをもって飛んで行くと、マスクのきらいな祖母は鼻を出して口の上にマスクをかけ、髪にかぶせたガーゼの手拭を直したり、しっかり身仕度をやり直してから、改めて今度は恐る恐る入って行くのだった。

祖母は、マスクが曲ってしまっても気がつかないで、

「朔太郎は、ほんとうにしようのない子だよ、どうしてこうも散らかすのだろうね」と父をまるで子どもだと思っているらしく、幾度も同じことを繰り返している。そしてやっと寝室が済むと、今度は「ついでだから、こっちもやってしまおう、こっちは旦那さまには内緒だよ」と女中に口止めをするのだった。書斎には、書きかけの原稿やメモのようなものが足の踏み場もないほど、一杯に置いてあって、火鉢の灰にはタバコが隙間もないほどに、突き差してあるのだった。それを見ると祖母はここでも、ひとしきり大声を挙げてあきれながら、まるで古新聞でも整理するような素早さできれいに片づけてしまうのだった。

しかし父が帰ってきて、二階から真剣な顔で降りてくると、

「おっかさん、また僕の留守のときに掃除してしまったんだね、だいじな原稿が見つからないで困っているんだ」と弱り切っているのだが、祖母は平気で、

「だいじかどうか、あたしにはわからないけど、ともかく机の上にあったものは皆ひとつにまとめておいたがね、机の下に放ったらかしてあったものは、皆処分してしまったよ」というのだった。

父が、とても閉口していたのは、祖母のお客嫌いのことと、仕事を理解しなかったことのようだった。

私にとっても、祖母には若い頃がなかったのではないかと思われるほど、若い娘の気持など、全くわかってくれようとはしなかった。私は、ときどき祖母が女だということを忘れてしまうことがよくあった。「お祖母さまは女なの?」と私が思わず聞くと祖母は笑って「嫌やだよ、変なこと聞いて、祖母さんだって女さ」といい、昔を思い出したように、

「あたしだって葉子みたいに若い時代はあったんだよ。もっとも十五でお嫁に行ったので、娘時代というものはなかったけどねえ。」

「二十歳《はたち》のときには、もうお父さんが生まれたんだからねえ」というのだった。祖母は慶応三年生れだが、あまり若いのでときどき父の奥さんかと、まちがわれることもあったほどだった。

しかし父が亡くなってからの祖母は、次第に元気もなくなり、血圧もかなり高くなって耳鳴りもひどく、足もとも危ぶなっかしくなってきた。そして、

「まさか子どもに先立たれようとは思わなかった」といって、頼みの綱がふっつり切れたよう

に、力を落としてしまった。そしてやがて戦争も激しくなり安中《あんなか》の伯母の家に疎開したりして、箪笥の着物を一枚ずつ売っては食料や医療費に変えていた。

戦後二度目の父の全集が創元社から出たときには、祖母は、

「朔太郎は死んでから、親孝行してくれた」といって喜び「生きているときは、原稿料はみんな飲んでしまって、役には立たなかったけど結局あんなに飲んでも、家のお金を減らしも、増やしもしなかったよ」といった。

祖母はだいぶ身体が弱ってくるころに、私に会いたいとしきりにいうので、私は薬をようやくのことで手に入れては、身動きもできない汽車にまだ小さい赤ン坊を背負い、前橋の北曲輪《きたくるわ》町まで度々会いに行った。

髪はすっかり白髪になって、祖母には珍しいひっつめに結い、大柄の身体も半分ぐらいに小さくなってしまっていた。(狭心症もだいぶひどくなってきたので、急激に年をとったようだった。)

私を見ると嬉しそうにすっかり肉の落ちた身体で弱々しく起き上り、

「よく来てくれたね」とハンカチを目頭に当てて涙ぐみ、

「朔美(私の子供のこと)はいい子になったねえ、丈夫のかい?」と前橋訛りでさも可愛いというように、機嫌をとるのだった。そして、

「この子が大きくなったら、明子のめんどうをまた見てもらうようになるんだね」といって、ガーゼのハンカチでまた目頭をしきりに拭きはじめる。痩せて今は手応えのすっかりなくなっ

た肩を私はそっと揉み、祖母の命も、もう長くないことを思うと、やりきれないのだった。そして、帰りぎわには残り惜しそうに、

「また来ておくれよ、朔美は大切にお育てよ」と小さくなった身体を蒲団からのり出して真赤な弱々しい目頭を、静脈のうき出た指で拭きながら、すがりつくように私を見送るのだった。

私はそれをふり切って帰るのだが、危うく落ちそうになる涙をこらえて、急ぎ足に玄関の戸を閉めると、こらえていた涙が頰に伝わってくるのを、どうすることもできなかった。

それからまもなくの昭和二十六年十二月二十日、祖母は狭心症の激しい発作で数え年八十四歳で亡くなった。

北枕に小さく寝ている祖母の骸《なきがら》には、在りし日々を物語るように、赤い短刀がきちんと添えられていた。

幼いころの日々

馬込村のころ

昭和元年暮に、私共一家四人は鎌倉材木座から、大森馬込村平張に引越した。肋膜の弱かった母も、一年間の鎌倉の静かな生活ですっかり元気になったたし、それに長女の私が、翌年は小学校に入学するからだった。

越した家は、みくに幼稚園の前の、竹藪に囲まれた細い山道のような坂を上りきるとすぐで、砂利のごろごろしている狭い道路に面していた。古ぼけた小さな二階家で、庭もわずかしかなかった。

父も母も犬好きで、ノネというセパードを飼い、茶色の高い板塀をしたので、近所の家は見えなくなった。が、塀の東向うの内田家とは、母が前からの知り合いでもあり、特に親しくしていた。

鎌倉の海で、真黒に陽に焼けてきた私と、内田家の色白の礼子ちゃんとは、すぐに仲よく遊ぶようになった。

ようこちゃん、遊びましょ。と大きな澄んだ声で迎えに来るのが、毎日の日課になり、家の前の狭い道や、すぐ近くのすすきの繁っている原っぱで、小犬のように遊びまわった。

父は、二階で毎日書きものをしていた。たまに階下へおりてくると、私は嬉しくて、お馬になってとせがんだ。すると、よしよしと、畳に四ツんばいになった、若い父は元気よく、ぐるぐると、部屋中をはい廻ってくれた。私は父の首に手綱を掛けて、はいどう、はいどう、といいながら髪の毛をぎゅう、ぎゅう、引っぱると、たまらんよ、葉子。と苦しそうにいうので、やっと私は父の馬から降りるのだった。笑いながら見ている母は、まるで男の子みたいねえ、と二つ下のおとなしい妹を、膝にのせていった。

お天気のよい日には、朝早くから母の作ったお弁当を持って、上野の動物園に象を見に行ったり、鶴見の花月園の大山滑り台で父に抱かれて滑ったりした。

歩き疲れた妹を抱いた母と、敷島を吸っている父の両方の手にぶら下りながら、私は、いつでも嬉々として帰るのだった。

入学

年が変り、三月になると近くの馬込小学校に入学する日がきた。私は、茶のワンピースの上に白いエプロンを掛け、赤い花の刺繍のついたカバンを、礼子ちゃんとお揃いに肩から下げて、はじめて二人だけで家を出た日は、かなり緊張していた。母達は大丈夫でしょうか、なんとかやりますわよ、などと心配そうに話し合っていた。

原っぱを左へ曲るとき、礼子ちゃんと手をつないだまま私はふり返った。すると格子戸の前で、こちらをじっと見つめていた母は、もう一度「気をつけていってらっしゃい」と言うと、ふいに目に涙が一杯あふれ、それがぽろぽろと頬に落ちているのだった。

雨の日には、近くに下宿していた若い三好達治さんは、母のいいつけで、よく私の学校まで傘を届けてくれた。三好さんが、赤ら顔でいつも袴をはき、ぬっと大きな顔を廊下の窓から出すと、いつからともなく、〝三好のよっぱらい、三好のルンペン〟などとみんなではやし出すのだった。すると、みるみる赤い顔は一層赤くなり、眉も目も口もみな下のほうへ下がり、今にも爆発しそうになったかと思うと、ウワッハッハッと、すっとんきょうの嗄《しやが》れ声で笑い出し、てして象のように優しい目で、子どもたちを見ながら〝葉ちゃん、じゃ傘はここへ置いておくよ〟というと、がっちり骨太の背中を見せて帰って行くのだった。

母は授業参観によく来た。たいてい庇髪を結った礼子ちゃんのお母さんといっしょで、お揃いの黒っぽい縞の着物だったが、母はラジオ髷という新しい髪を結っていた。

母の洋装

宇野（千代）さんは、母と同じ年ぐらいだが、当時は珍しい洋服をじょうずに着こなして、髪も短い断髪だった。理知的な輝きと、絶えず激しい情熱が燃えているようなひとだった。

家に遊びによく来た宇野さんが、父となにか話をしている時、傍で母はうらやましそうに宇野さんに見とれ、

「洋装が、とってもお似合になりますのね」と、いった。すると、

「あら、あなただってきっとお似合になりますわよ。洋装になさいましよ」と、宇野さんは歯ぎれよく、調子の高い声で母にいうのだった。けれど、母はいつも自信なさそうに、

「わたしなんか……でも、それにあごが、こんなに長いんですもの」と、いった。

加賀百万石に仕える武士を父に持ち、まったく封建的な箱入り娘に育ってきた母には、当時の洋装など思いもよらないものなのにちがいなかった。

このころ〝君恋し〟〝アラビヤの唄〟〝私の青空〟などの流行歌がはやって、頽廃的なけだるい気分が、なんとなくただよっていた。

ある日、ついに宇野さんの洋装に見とれていた母が、礼子ちゃんのお母さんの反対を押しきって、今までの地味な着物を脱ぎ捨てて、はでな洋装をはじめる決心をした。買って来たぷりぷ

りしたブラウスに、短いフレヤースカートを着た母の足もとからは、見馴れない白い足がぬっと出た。宇野さんの洋装とは思いもよらないほど違ったものだった。

「やっぱり、お母さまは、着物のほうがよいのに。」

私は泣き出したいほど、見馴れない母に当惑していった。母も「なんだか変ねえ」と、目尻の上った細い目で笑いながら、何回となく鏡に自分の洋装の姿を写して見ているのだった。

近所の人達は、急に洋装になった母を見ると、珍しそうにしげしげと眺め〝あれ、モダンガールですね〟とか〝あの足をごらんなさい〟などと立ち止って笑ったりした。教室でも、母が洋装で来ると、あっち、こっちで笑い声が起り、しまいには授業ができなくなるのだった。〝モダンガールがきたわよ。あれは萩原さんのお母さんよ〟と、母と私を比べていうので、恥ずかしさで胸も塞がれる思いがするのだった。そして母を見て笑うのは、いつか習慣になって、たまに着物で来てもみんなは、やはりひそひそ笑い合うようになってしまった。

馬込村の家の近くに住む、室生犀星さん、三好さん、宇野さんをはじめとして、そのほか尾崎士郎、川端康成、広津和郎《かずお》、衣巻《きぬまき》省三、志賀直哉、芥川龍之介、北原白秋の諸氏も見え、それに若い詩人たちがだんだん家に集まるようになった。

室生さんの家はすぐ近くで、嘗めたような庭の不思議な形の石燈籠の中を、のぞいてみるのが好きで、私はよく父に連れられて行った。

散歩好きの父は、早朝私を連れて近くの畑の道を散歩したり、日曜日には弁天池や谷中の方まで連れて行ったりした。
子供の夢を誘う弁天池の大きな樹木に、耳をつく甲高い蟬の啼声、そこの石畳ばかりの狭い道には、暗い竹藪に囲まれた小さな不思議な家がある。〝すずめのお宿〟――いつか父に聞かされたお話の舌切り雀の家はここだと決めてしまい、父と一緒になんべんも行ったり来たりするのが楽しみだった。また新井宿や馬込橋の見渡す限りの畑と田圃の細い道を、畑のにおいと、実った麦の穂のいきれに包まれて、私はなんとなく悲しい気分で、せかせかと歩く父について行くのだった。
そして高い樹木の繁る森の近くに来ると、みずみずしい新緑がトンネルのように頭から被さる小道に出る。朝の光は樹々の間からもれて、一条二条みどりの帯のように流れている。足早の父もここへ来ると、やっとゆっくり歩き、袂から忙しくタバコを取り出して、おいしそうに吸うのだった。

「君恋し」

翌年（昭和三年）私が二年生のころには、母は授業参観には、もうめったに来なかった。そして学校の行き帰りにも、家にいても〝宵闇せまれば悩みは果てなし、乱るる心にうつるは誰が影〟という君恋しの唄の、なげやりなせつないようなメロディーは、いよいよ流行して、一日中私の耳から離れないほどに聞こえていた。

母は、まるで憑かれた人のように、その歌に魅せられているようだった。そして古ぼけたラッパのついた蓄音器の前に、ぼんやり思い沈んだとても淋しい笑顔をして、

「ああ、この歌を聞きながら死んでしまいたい……」などと、ひとりごとのように口走っていることがあった。そして洋装も初めのころよりだんだん似合うようになり、よく外出するようになった。

ある日、いやに胴が長く見える洋服を着た母は、化粧した肩で階段の下から、二階で勉強中の父に、「あじの干物が茶箪笥に入ってますから、お昼になったら子供たち頼みますよ」と、耳にがさがさと残る大声でいった。

机に向っている時は、何をいわれてもただ、うん、うんというだけの父であった。

玄関に立った母がメリヤスの靴下に、ロウヒールをはいて出かけようとした時、ちょうど礼子ちゃんのお母さんが格子戸を開けて入って来たのだった。そしてびっくりしたように母を見ると、

「あら！　またお出掛？」と、眉をひそめていった。

「だって、おとなしい人でちっとも文句いわないんですもの」と母はのんきそうに笑うと、ビーズで編んだバッグを持って、出かけて行ってしまった。

父が、あっちを開け、こっちを開けて、ようやく探し当てたあじの干物を、汚れた網の上にのせて不器用な手つきで焼くと、暗い四畳半で三人は遅い昼食をはじめるのだが、いつのまに

かこういうことには、馴らされていた私は、文句もいわずに、干物には手をつけないで、濃い紫の醤油を冷えたごはんの上からたらして、一口ぐらい食べると礼子ちゃんの家に、遊びに行ってしまうのだった。が、その日は、それからまもなく、礼子ちゃんの家に父があわててやって来た。みると土間に立った父の顔は、いつもの顔ではなかった。浅黒い、父の顔は、火がついて燃えたように無気味にはれ上って、着物の衿から見える胸もとや手首まで、父の肌の色はどこにもなかった。

「あじの干物を食べたら、舌がぴりっと痛かったので変だと思ったんですが、こんなになってしまって……」父は、おどおどした熱病患者の顔に変り果てていた。

「まあ！　ひどいですこと、すぐにお医者さんを呼んで参りますわ。」礼子ちゃんのお母さんは、驚いて大急ぎで走って行ってくれた。玄関の畳に、きちんと坐って医者の来るのを待つ父は、苦しそうに時々ぶるぶるっと小刻みに震えて、ひどくやつれてみえた。

いたんだあじにあてられて熱を出し、それに赤くふくれあがるジンマシンができたのだった。医者の注射で腫れはどうやらなおったが、それからは痩せ型の父は、だんだん痩せていくようにみえた。

妹の病気

妹は病気勝ちの弱い子だったが、熱を出して寝ている妹を置いて、やはり母の外出は続いた。

つまらないことでも大げさに泣く子で、病気で母がいない時は、それが一層ひどく声の限りを泣き続けた。するといつも、二階から勉強中の父が困った顔で降りて来て、「あきら、どうした?」と、弱りきったようにいい、頭を手拭で冷やしたり、熱を計ったりするのだった。そうした父のようすを見ると、私も急に気がゆるんで、妹と声を揃えてたいていは泣き出してしまうのだった。

ある日、私が学校から帰ってくると、しばらく熱を出して寝ていた妹が、変な声を出しているのだった。見ると、真赤な顔で白目をひきつり、瞳の定まらない無気味な目を大きく、むき出していた。このころになるまでゴムの乳首を離さなかったために、とび出た口もとをあけっ放しにし、狂った音階で、よく聞くと童謡を唄っているのだった。〝夕やけこやけ〟と〝お手々つないで〟の唄を昨日までは、はっきり唄えなかったはずなのに、突拍子もない大きな声を出し、それが静かな家の中に暗い不吉な響きとなって拡がっていた。私は恐ろしさに、隅の方にじっと息をつめて、妹の方は見ないようにしていた。着物の衿をよじって着ている父は、うろうろし、馴れない手つきで、あぶなっかしく氷を割ったり、熱に犯された病人の頭に氷嚢を乗せたりしていた。

夕方になって、医者が帰ってからしばらくして母が外出から帰って来た。私は今までのことを母に告げた。するとちょっと、病人の顔をのぞき込み「困ったわね」と機嫌悪くいい、「疲れたわ」と、たいぎそうに坐って鏡台に写る自分の顔を見て、クリームをつけはじめるのだった。妹はまた大声で唄いだした。それを聞くと「あら、明ちゃん、ずいぶんじょうずに唄えるじゃないの」と金歯を見せて、感心したように笑うのだった。「だって、明ちゃん、とってもこわい病気になったのよ。」母の膝を押して私は、のんきな母をじれったがった。その時二階から降りて来た父は、母を見ると、とても真剣な顔でしばらくタバコをのみながら茶の間を行ったり来たりしていたが、少し改まった虚勢を張った声で、

「病気の子供を置いて出掛けるのは、やめてくれたまえ」と、とぎれとぎれにいった。

「あなたはなんでも大げさですね。大したことでもないのに。」

「こんなひどいひきつけが続けば、脳が犯されるかもしれない。」

「すぐに直りますよ。」母は、ばさばさと洋服を脱いで、着物に着替えはじめた。

広い額、濃い眉、大きな目、それにもかかわらず、父の眉と眉の間には、神経がこまかく微妙に動いていた。

「お金にもならない詩など書いて……大家さんにも催促されて、ていさいわるくて嫌やになってしまうわ。」母はいら立たしくいった。

翌日、礼子ちゃんのお母さんが見舞いに来た。引きつけの続いている病人を見ると、びっくりして、

「そりゃあ、あんなに毎日泣かされたので、血が頭へのぼってしまったんですよ。」

「かわいそうにねえ。」そういう目に涙が一杯だった。

「もともと、この子は泣き虫なのよ。私のせいじゃないわ。」母は、よその子のようにいった。

前橋から祖母が病人の見舞いに来た時にも、母は家にいなかった。

その日、母が外出から帰って祖母が来ていることを知ると、今までになくあわてて、玄関の格子戸の蔭に隠れるようにして、

「こんな恰好を見つかったらいちだいじだわ。」

「葉子、お父さまにいって、そっと着物と帯、持って来てちょうだい。」そういう母は、血の気を失った脣をしていた。

私は母をかわいそうに思い、父がやっと探し出した着物と帯を急いで母に渡した。道路にすぐ面している格子戸の前で、そそくさと帯を引きずりながら、「紐がないじゃないの。お父さまは本当に気がきかない人ね」とぶつぶつ言いながら大急ぎに着替えているのだった。

まだ意識のはっきりしない妹が、隅の方に寝かされていた。その少し離れた所に祖母の正座しているのが、玄関から半分見えていた。やっと着物に着替えた母は、入口の茶の間に両手をついて坐ると丁寧に頭を下げて挨拶した。

祖母は心持ち頭を下げて、待っていましたとばかりに、

「この間からね、お父さん（祖父）が病気で寝ていなさるのでね、明子のお見舞にも来てやれないので、あたしが一人で来たんだよ。」

「明子は、急に一体全体どうしたんだね？」と、血色のよいうりざね顔でいった。母は困った

ように目を伏せると、

「原因はよくわかりませんが、熱が高くて引きつけたらしいんです。でもたいしたことはないんです。」

「たいしたことないとはおかしいね。もう幾日も意識不明でいるっていうじゃないかね」と冷たい目で母を見て、

「お祖父《じい》さんだって、とっても心配していなさるんだよ。だのに肝心の母親がそれじゃあね。」

一度喋りはじめたらもうけっしてとまらないかのように、祖母は無口の父に似ている上唇を、少しとんがらせていい続けた。

祖母は母に冷たかったそうで、私がおなかにいた時にも、梅干だけの食事を進めることもあり、二年目にまた妹が生れた時にも、「一姫二太郎ならいいけど、一も二も姫じゃね」といって喜ばなかったそうだ。

三歳の時、松葉牡丹の、紅、紫、黄の、目も鮮かに咲いた、前橋石川町の広い暮れかけた庭に、私は祖母に負ぶさって、月見草の大きな白い花の咲くのを見た日のことを憶えていた。

母の背中にそっと隠れて、私は時々祖母の唇の動きをのぞいて見ていた。広くてやわらかそうな膝の上にのってあまえてみたかったが、どことなくなじめない祖母だった。

ぱったり唇の動くのがとまり、大きな声が静まると、お茶を一口おいしそうに飲み、やっと母の背後に隠れている私に気がついた。

「葉子、いいお土産があるんだよ」といいながら、がさがさ包み紙を開けると、ピカピカ光っている茶色の革のランドセルと、カーキー色の水筒を取り出した。クラスには一人もいないランドセルだった。それにほしかった水筒だった。飛び上るほど喜んだ私をみると、祖母は満足したように、

「あきちゃんの病気が直ったら、水筒もって、動物園にでも連れて行ってもらい」と、やっとくつろぎをみせるのだった。

祖母が帰り、妹の一進一退の状態がしばらく続いたある日、医者は「匙を投げましたよ」といって帰ったが、私は匙をどこへ投げたのだろうと、とても不思議に思った。

医者からも見離された妹だが、しだいに熱も下り元気になっていった。が、この時からすっかり妹は、知恵の遅れた子になって性格も変ってゆくようだった。

ある日、祖母の土産の革のランドセルを背負って、私はいくらか得意で、萩やすすきの生えている原っぱを歩いて元気に帰ると、私の家の前で、通る人に石ころを拾っては、投げている子がある。それがやがて妹だとわかると、

「明ちゃん、そんなことしちゃいけません。」私は姉さんらしく叱った。が、少しもいうことを聞かないで投げるので、私は思わず妹の石ころを持っている土だらけの手を打った。すると、いきなり私の顔めがけて大きな石を投げようとして、家の中に逃げ込む私を、追いかけて来るのだった。私は家にいる母に助けを求めようとしたとき、

「お姉さんのくせになんですか！」母はいつものように、いきなり私を叱った。私は、ばたばた妹に追いかけられながら、二階の父の書斎に飛び込んで行った。散らばった原稿用紙の中に、うずまるようにして机に向っていた父は、はっとしたように顔をあげると、びっくりして二人を見比べ「どうしたんだね？」と、目を一層大きくしていった。私は、父の不断着のタバコくさい着物にしがみつくと、「明ちゃんが悪い！」といって泣いた。「ちがう、お姉さまがぶつの！」母の味方を得て得意になった妹は、また父の加勢を得ようとしていった。私が一部始終を父にうったえると、

「そうか、それはあきらの方が悪かったな。石を投げてはいけないのだよ。」静かに父にいわれると、不思議なほど素直になる子だった。私は父に分かってもらえた嬉しさで思わずにっこりすると、「葉子はげんきんだなあ」と、父も一緒に笑い出した。

その頃父は、食事の時に階下へ姿を見せるだけで、毎日書斎で書きものを続けていた。が、妹があらっぽい性格になってゆくにつれて私は度々喧嘩して父の書斎に飛び込み、書きものの邪魔をしていた。

ある時、遊びに来た三好さんに、母は、

「はぎわらは、ああして二階にこもったきりで、食事もろくにしないんです。このごろ、なんだかあのひとが偉い人のような気がしてきましたわ」といった。すると三好さんは、独特の嗄れ声を急に爆発させてワッハッハッと笑い出すのだった。しかし、すぐまじめな顔になり、

「先生は、偉い人ですよ」といった。

それから、私が二階に行ったとき、父が書斎の机や畳の上に検印紙を並べて、一枚ずつ、不器用な手つきでていねいに印を押していることがよくあった。私はいつも、なんだろうと思って不思議だったが、ある時、

「それなあに？」と、聞いた。

「これは、本ができると押すものだよ。」

「どうして押すの？」

「………」

「なんていう、本？」

「葉子にはまだ解らない詩の原理の本だよ。」

父はそういいながら、とても真剣に、そして楽しそうに押しているのだった。私は、第一書房のお人形のついた検印紙がほしくてたまらず、

「これ、一枚ほしいの……」と、父にせがんだ。すると父は、

「これがか？　これは子どものおもちゃじゃないんだよ」と、さも困ったように笑っていうのだった。二階の窓から見える森の向うには、富士山がくっきり見えていた。

ダンス

暮れ方になると、毎日のように二階にお客さまが集まり、ダンスを始めたのもこのころだった。お客さまの前に、ぽかんとつっ立っている妹に困った母は、私と妹を早くからむりに寝かしてしまうのだった。生き生きとブラウスを着替えたり、髪型を新しく変えたりして、母はダンスに熱中した。

宇野さん、それに、佐藤惣之助、衣巻省三夫妻、黒田辰男夫妻、着物に角帯の広津和郎氏などが見えた。礼子ちゃんの家から借りたポータブルで、〝赤い翼〟や、〝アラビヤの唄〟や、ハイカラな軽音楽を鳴らして、ざらざらと父の書斎の畳で踊るのだった。(室生さんと三好さんは、ダンスにはけっして見えなかった。)

階段の突き当りに、母の書いた〝こわい神様〟の顔が半紙に書いて貼ってあり、きてはいけないとかたくいわれていた。が、じゃりじゃりした大きなレコードの音と、私の寝ている頭の上で、がたぴし地震のように揺れる足音と、笑い声、話し声がにぎやかで、なかなか寝られなかった。

なんど叱られても、蒲団から抜け出し、階段の中途で「お母さまあ」と、呼んでしまう。すると襖を少し開けて怒った顔をのぞかせた母は、「ここへくると、この神様にひどい罰を当てられますよ」と紙を指してにらむので、こわくてまたすごすご降りて行くのだった。

誰もいない静かな夕方など、父はよく「葉子、ワルツを踊ろう」と、ボックスの足の運びを教えてくれた。私は恥ずかしかったし、それにすぐに父の足を踏んでしまうので、早くやめてくれればよいと思った。私の顔が、ちょうど父の着物の三尺のあたりで、両手をのばして組んでいる間からのぞいて、父の足の動きを見ると、「下を見ちゃだめだよ」と、勘でやるようにと教えた。

母は、礼子ちゃんのお母さんにダンスを勧めていたが、ある日、

「毎日ナベやカマの底ばかり磨いていないで、一度ダンスを思いきってやってごらんなさいよ。いっぺんに若返ってしまうわよ」といって、「わたしはいやですよ」とあわてるのを、「教えてあげるからついて来るのよ」と母はいきなり嫌やがる礼子ちゃんのお母さんを、背中の赤ン坊ごとぐいぐい引っぱってワルツの足を教えた。

「苦しいわ。もうやめて！　ダンスはわたしの性に合いませんよ」と内田の小母さんは、泣き出した赤ン坊を背負って逃げ出して行くのだった。

ダンスをするようになってからの母は、今までより、もっと子どものことをかまってくれなくなった。そしてほとんど一日中鏡の前に坐ってばかりいた。ダンスのない日には、父が書斎から降りて来て飲みにいってしまうと、申しわけばかりの夕食を急いで済ませて、鏡台を部屋

のまん中に出し、母は化粧に取りかかるのだった。なで肩の柳腰で、その頃の美人型だと自分でも得意にしていた。ほっそりとしたうしろ姿で、だるそうに坐るとまじまじと鏡の中の顔を見て、

「頬がこけて嫌になるわ」と、脱脂綿を頬の中に含ませたり、丸い木の玉を頬に入れて研究した。「ながいあいだ入れてると、唾がたまってね」と、ひとりごとを言っては、水白粉でかなり白くした顔にパフを敲き込むのだった。

「このあご何とか短くならないものかしら？」と、すっかり癖になっているしぐさで、顎の先を指でつまんだり、引っぱったりして、傍で見ている私に笑ってみせるのである。

化粧が済むとこんどは、電気のどの位置に坐ったら、一番若くきれいに見えるかしら？と、手鏡を持ってあっちこっちに坐り、自分の顔を熱心に写して見るのだった。

このころ、母は新聞や雑誌に出ている、洋画の〝愛情の場面〟の切り抜きをスクラップ・ブックに貼って、化粧が済むとそれを眺めていた。すっかり用意が済むと、まだ眠くない私を妹と一緒に寝かせ、襖一枚隔てた茶の間に客をむかえるのだった。枕元の庭では、コオロギがうるさいほどに鳴いていた。

茶の間にいる母は、お八ツにはけっして食べさせてくれないバナナや洋菓子を食べながら、楽しそうに客と話をした。礼子ちゃんはよくバナナを食べながら遊んでいるので、うらやましかったのに、母は疫痢になるからとか、贅沢だからと一度も与えてくれなかった。静かな雰囲

気、若やいだ母の声、不安なひととき、寂しくて母が遠いひとに思われてならないが、私は、いつか眠ってしまうのだった。

不安

父は、しばらく前橋に帰って家にいなかった。大病からすっかり病弱の身体となった妹は、子供の病気という病気は一通りかかり、ほとんど寝ていた。私も妹から感染されて二人そろって寝ていることが多かった。

長い、丹念な化粧が済み、矢絣の羽織を脱ぎ、ダンスのときに着る、裾にひらひらのたくさんついたピンクのワンピースに着替え、黒いマントを肩から掛けると、いつものように病気の姉と私を見て、にこにこ笑い、

「じゃ、おりこうにお留守番をして、明ちゃんを見てちょうだいよ。二人とも早くよくなれば、祖母さまに頂いた水筒を持って、お父さまと皆で動物園に連れて行ってあげるわね」と、きげんよく立ったまま二人を見て言うのが癖だった。嫌だと泣けば、とっても叱られるし、動物園にも連れて行ってもらえなくなるので、じっとたえている私だった。私は、最後の一枚の雨戸を閉めようとしている母に、

「そこだけは開けておいて！」と、せいいっぱいの寂しくない方法を考えて言った。

「この位ね？」母は、蒲団から顔を出して見ている私にやさしくいうと、ガラス窓を閉めて、

うすぼんやり暮れかけている庭の中へ、こつこつと急いだ足音を残して消えていくのだった。

いつだったか、父と母と私と妹の四人で、池田ダンスホールという、洋行帰りの老夫妻の家に行ったことがあった。広々とした光った床の周りには、改まった大人達が大勢いた。父は茶の荒い織りの洋服だった。母は宇野さんにもらったボイルの花模様のワンピースを着ていた。レコードが掛かると、あっちでも、こっちでも、踊りが始められた。その時、知らない大きな男の人が来て、

「お嬢ちゃん、小桜葉子に似てますね」というと、私をいきなりホールの真ん中へ手を引っぱって連れていった。恐ろしくて、恥ずかしくて、つっ立ったまま震えていると、母が来て、「そんな所でみっともないから早く踊りなさい」と、怒っていうので私は、わっと泣き出してしまった。みんなが一斉に見たようだった。その時父が、「葉子、じゃ僕とならいいだろう」と、笑いながらいって家で教えてくれた足の通りに、ゆっくり私をだいてワルツを踊った。が、あまり広いホールで恥ずかしく、私はすぐにまちがえた。それになぜか、父の足元ぐらいしか背がないのが、とっても悲しく思われ、「もう帰りたい」と父の足にすがってまた泣き出してしまった。

　その夜のことを思うと、やっぱり留守番の方がまだよかった。しかし、母が出かけると、きまって妹は火のついたように大声で泣き出すのだった。

　初冬の暮れ足は早かった。ガラスにうつる庭は、真暗になっていて、恐ろしい夜のきたことを告げていた。妹は水疱瘡《みずぼうそう》の熱が出てきて、苦しいのにちがいない。弱い電燈の光の中でも妹

の泣き叫ぶ顔は、真赤で猿の子のようにやせて、首の中までも水疱の粒は、はち切れそうに水を持っているのだった。私も寝巻の袖をまくって自分の体を見た。だるく熱っぽい腕には、妹と同じように今にも腫れ上りそうな赤い気味悪さが宿っていた。思わず私も一緒に泣き出した。妹はさらに泣き出した。そして声を揃えて二人は、ながい間泣き続けるのだった。門の外で礼子ちゃんのお母さんの、「葉子ちゃん！　お母さまいないの？」という声を、とぎれとぎれに聞いても苦しくて起きられない。一枚開けておいてもらった雨戸から見える庭は、黒いばけものの塊となって、今にもどっと家の中に押し入ってきそうに思えた。こんどからは、雨戸はやっぱり閉めていってもらおう、と思った。目をつぶり蒲団の中で掌を合せると、ダンスの時に貼るあのこわい顔の神様に、「もうけっして二階には行きませんから、どうかお母さまが早く帰って来ますように」と、祈ってみた。するとカラコロと遠くの方で、幽《かす》かな足音がする。私は犬のように鋭く聞き耳を立てて、冬の乾いた道に遠く響く足音に注意を集めるのだった。やがて近づいた足音は、だが門の前は一瞬にして過ぎ去り、すぐに遠くへ行ってしまう。そして、あとはまた無気味な静かさだけがいつまでも続くのだった。私は眠るまいとがんばっていた。目をつむると、まったくの音のない無限に深い円錐形の一点に、巨人のように大きな自分がいる。そして底の方へすごいスピードで、ぐんぐん落ちて行き、落ちて行きながら、はるかに遠い一点に、どこかで見たことのある恐ろしい笑い顔が見え、それがしだいに私の方に迫ってきて、今度はその顔が巨人のように大きくなって、小人《こびと》のように小さくなった私を追いかけて来る。

「こわい！」全身汗びっしょりになって目がさめると、恐ろしい顔が襖一杯に写っている。その顔は階段に貼るあの神様の顔だった。眠ることは、真黒の無気味な音のない世界に引きずり込まれることだった。目をこすって、必死で睡魔と戦った。そして明るくなるまで、いつもきまってこの夢をなんども見続けるのだった。

妹から感染された百日咳に、私は、ある夜のこと激しくせきこみ、誰もいない家で私は七転八倒の苦しみで、蒲団の中で身体を折り曲げて、もがいていた時、しばらくぶりに尋ねて来た三好さんは、「先生は、帰られましたか？」と玄関で呼んで、私の咳を聞くと、ころげ込むようにして私のうしろに坐り、力一杯に肋骨のあたりを、大きな両手で押えつけてくれた。痛くて呼吸ができない。だが、不思議に激しい咳は、ぱったり止まって楽な呼吸が、大きく一つ、つけた。その時のうれしさは今でもはっきり記憶している。だが、激しい咳はまた幾度も押し寄せてきて、暗い電燈の中に膝をそろえて坐った三好さんは、何時間ものあいだ、そうして看病してくれるのだった。誠実と愛情を子供心にも、ひしひしと感じてうれしかった。それは、もう私の家庭では与えられないからだった。

朝になると、母は化粧のはげた顔で笑いながら、私を見て、

「ゆうべは、また泣いたのね。頬っぺたに涙がついていたわよ」と、何事もなかったようにいうのだった。

冬が来ると、庭の隅の赤い南天の実も、すっぽり雪でかくれた。私は雪ウサギや雪ダルマを作ったり、ノネと一緒に遊んだりした。

もうダンスに集まる人々もなく、来客もなかった。が、鴨居に頭がつかえるほど背の高い青年が、よく来るようになったのはこのころだった。まだ少年の面影のある若い青年Wは、いつも学生服を着ていた。前髪を深く下げた、愁《うれ》わしい様子で柱に寄り掛かると、せつなく、けだるい黒目がちの瞳で、〈臙脂の紅帯ゆるむも佗びしや……〉と、いくらか投げやりな調子で〝君恋し〟のメロディーを低い声でくちずさんだ。すると、母も悩ましそうに、青年と並んで坐り、調子外れな声で唄いはじめるのだった。その日もいつもと同じように母は、青年と二人きりの空気をつくっていた。

「ゆううつになるわ……」母がいい、二人は申し合せたように、啜り泣くような深い嘆息をついた時、私はふいにメリンスの花模様の着物が、着たくなった。夢中で戸棚を開けて探すと、乱雑な行李の底に私の大切な、たった一枚きりの着物が、ぺそっと丸まって入れてあった。私はいそいで洋服を脱ぐと、単衣のメリンスに袖を通そうといそいだ。ぶらんとさがっている袂に手が通らない。それに一度も着たこともないのに裾の方が破れている。黴《かび》臭いにおいは鼻を衝く。

「お母さま！　縫ってちょうだい。」

「あとにしなさいっていうのに、お客さまの前でなんです！」

「早く着たいの！　皺だらけの嫌よ。」

「こんなもの夏の着物じゃありませんか！　今時、着られやしませんよ！」そうヒステリックにいう母の言葉を聞くと、悲しみは一層つのり、私は大声で泣き出した。その瞬間血の気をなくした母は、力一杯私の頬をいくつかたて続けに打った。ジーンと耳が鳴った。そして、押入に私は引きずり込まれていた。この時、今までの母に対する不満が、せきを切って押し寄せて来た。けれど泣くことしか私には、訴えるすべがなかった。じれったかった。暗い黴臭い押入の中で、私は、着物の裾を引っぱった。すると、手応えもなく一筋破れてしまうのだった。それがまた新しい悲しみの原因となって、泣き叫びながら、また一筋破き、遂に一枚きりの着物は、わかめのようになって、私の体にまつわるのだった。

母の断髪

学校ではもうだれとも口をきかなくなり、いつか〝無言の行さん〟と、私はいわれるようになっていた。母に対する不満が、学校に行っても友達と調和がとれない、内攻的な子になってしまったのである。たったひとりの友達の礼子ちゃんも、あまり学校では私の傍に来ないようになってしまった。明るくて、あたたかいお母さんのいる家庭の礼子ちゃんが、とても私はうらやましかった。が、学校から帰る私は、やはり母の顔を見たかった。原っぱのレンゲを摘んで、私はただいまあと、いつものように家に入り、見ると部屋の真中に鏡台を持出して、母はぺたんと坐って放心したように鏡に見入っていた。母の髪の毛がなかった。そして子供のように、前髪も短く切った顔は、まるで別人だった。なで肩のほっそりした肩があらわに出て、その下に切り落された黒い髪の毛が、山のように落ちていた。大きな丸い耳たぶも現われて、長い頸が一層目立った。びっくりして見とれている私に、初めて気がつくと、「どう？」と心細げにいって、「宇野さんのまねして、切ってみたのよ」と、よそよそしく笑った。よその人みたいで、私は嫌だった。紺地に白のトンボの模様の着物が、唯一の母らしく思えて、私は袂を引っぱって掌の中に握りしめていた。そして細面のむき出しになった顔をしばらくまじまじと見ていた私は、「そんな髪、嫌よ」と機嫌悪くすねた。私は、母はきっとどこか遠くへ行ってしまうんじゃないかと、なんだかわからない不安におそわれ、「お母さま、お嫁に行っちゃいやよ。行く時は葉子も一緒に人力車に乗せて行ってね」といった。母はびっくりしたように、私を見て、「おかしなことを言う子ねえ、子どもを連れてお嫁になんか行けやしないじゃないの」と、細い目尻を上げて、よその人みたいに笑った。

ますます乱雑になってゆく家の中で、母の顔は化粧に一層輝いていった。そして、Wという青年は父のいない時には、きまって家に来た。私は近くの原っぱや畑や田んぼで、クミ子ちゃんという、整った顔が妙に寂しい子と遊ぶようになっていた。クミ子ちゃんはお父さんと、病気のおばあさんと三人暮しだった。ペンペン草、タンポポ、つくしや、おたまじゃくしを取って遊ぶのが私達の遊びだった。

もうかなり暗くなりかけたころだった。ふと気がつくと、父が細い畑の道を、寝巻のようなよれよれの着物を身体に捲きつけるように着て、すいすいと歩いているのだった。ちびた下駄は、今にも二つに割れそうに貧弱で、まるで乞食のように哀れっぽく見えた。うしろから私は、

「お父さまあ!」と呼ぶと、びっくりしたようにふり返り、「ああ、葉子か、こんなところで遊んでいたのか」と、茶のソフトの奥で、苦悩の中からわき出たような笑い顔を残し、すぐにまたせかせかと行ってしまうのだった。私はそのときの、父の痩せてみすぼらしいうしろ姿がとても気になって、家に帰ると母に、「お父さまの着物、もっといいの着せてあげてよ。乞食と間違えられたら困るじゃないの」と、いった。

〝つながり乞食〟〝乞食山にいる大勢の乞食〟――盲目の奥さんを綱で引っぱって歩く、夫婦の〝つながり乞食〟や、とうかん森に大勢集まっているので、乞食山といわれる山に、たむろしている乞食やルンペンが、たくさんいる時代だった。母は、

「乞食と間違えられるって?」と笑い、

「じゃ、そのうち、新しいのでも作りましょう」と、気のないふうにいうのだった。が、やっぱり幾日たっても、母は、父の身なりをかまわないのか、父は汚れた着物ばかり着ていた。

夕方かなり暗くなってから、妹が寝てしまうと母は、「いいとこへ連れて行ってあげるわ」と、珍しいことをいった。私はいそいで、スカートが白で胸がエンジの外出着を着て、はしゃいで母のうしろについて歩いた。そろそろ遠くにみえる森は、黒い塊となりかかっていた。久しぶりに一緒に歩く母だった。それに懐しい和服を着ている母に、私は思わず袂を握りしめて歩いた。すると、邪険に母は私の手を払うと、

「いつまでも袂をひっぱるのは、おやめなさい！」

「それからね、お母さまは断髪にしたんだし、今日からはおねえさまっていうのよ。」

「いい？」と命令するようにいった。私はそんなこと嫌やだと思ったが、嫌やだといえば叱られるので〝うん〟と、うなずいてみせた。そして、

「クミ子ちゃん、どうしてお母さまいないの？」と聞いた。すると母は、

「つまらないことを聞く子ね」と、うるさそうにいった。

「だって……」私には母親がいないということが判らなかった。

「そりゃあ、お母さまのいない子なんか、たくさんいるわよ。」

「それに、葉子だって、いつクミ子ちゃんみたいになるかわからないし……」と笑った母の顔が、今にも遠くへ行ってしまいそうに思われて、私はとまどった。

「今にわかるのよ。」そして母は、〝君恋し〟のレコードを聞いているときのように、ぼんやりした笑い顔をしていた。そして昼間でも、暗くて乞食がたくさんいてこわいとうかん森の方へ、

どんどん歩いて行った。

たんぼばかりの道はまっ暗で、気味悪いほどの大きな月が、苗代に落ちていた。みみずくだろうか、人間の泣き声のように悲しく鳴いていた。植木屋の庭みたいに、形よく作られた樹が、たくさん植わっているところに来ると、母は、

「おねえさまっていうこと、忘れちゃだめよ」と、もう一度いった。目の前は一層真暗な木の繁みが続いていた。そして田んぼに沿った細い小道につとはいると、

「この道はね、〝ささやきの小道〟と、宇野さんが名づけて、尾崎士郎さんと歩くときの道なのよ。すばらしい小道ねえ」と嘆息するようにいった。暗くて樹木の深く繁った、寂しい小道だった。

向うの方に螢の火のようなものがゆらゆらと揺れ、だんだんこっちに近づいて来た。そして、ふと消えると灌木の枝が、がさがさいって、とつぜん大きな男の黒い影が、行く先に立ち塞がった。

「遅かったですね。」その声は、たしかに聞き覚えのあるWのバスだった。

「ごめんなさい。」母は甲高い声を弾ませていうと、私の手を弾くように払って声の方へ近づいた。置いてきぼりにされた私は、暗闇の中を一所懸命に二人のあとについて行くと、今度は左側の樹の繁みから口笛が聞え、もう一人の男が出て来た。そして、闇の中で母達と親しげに喋っている声は、私の見知らぬ人だった。

「お妹さんもいっしょですか？」そういって、私の手を繋いでその人は、母達よりどんどん先に歩いた。私は見知らぬ人に手を引かれて、樹々の繁った道を抜け、やっと月明りの畑道に出ると、知らない人の顔を見た。髪面に学生服を着た変な顔の男だった。私は振り返って、母とWを見た。青白い月光を受けて、前髪を下げたWの顔は、くっきりとした輪郭を作っていた。手を組んで、ゆっくり歩いている母は、まるで小さく、そして、のっぺりとした顔だった。私は急にその人の手を離して、二人の間に割り込み、

「お母さまあ」といった。が、その瞬間私は、母に口を飛び上るほど痛く抓《つね》られていた。おねえさまというのを忘れてしまったからだった。

「連れて来るんじゃなかったわ。こんなうるさい子ってあるかしら？」母は、いらだたしく私を叱った。私は、べそをかきながら時々父と散歩に行く、弁天池の石畳を思い出すと、

「雀のお宿に行きたい」といった。

「なんですって？」

「舌切り雀のお家があるの。」

「どこにそんなものがあるのよ。」

「弁天池の、お父さまと散歩に行くところにあるの。」私は母にわかってもらいたくて一所懸命だった。すると、母は、

「ばかなことをいうものじゃないわよ。いまどき、そんなお伽話のものなんかありっこないわ

よ」というと、調子のはずれた大声で、急に笑い出した。すると、Wもそれに合せるように笑い出した。

静かな田んぼの苗代に、二人の笑い声は、遠く響いていくのだった。

夕方から降り出した雨は、夜になって急に強い降りになっていった。傘も持たないで、いつものルンペンみたいな着物に、ぺしゃんこの下駄のまま出掛けたときの父を見た私は、心配でたまらなかった。

雨に濡れて、夕方から、前髪を下げた青年Wは、絣の着物を着てきた。雨が軒を打つ音にまじってノネが激しく鳴く声に、私はふと目をさました。——母が、スクラップに貼って集めている写真のようにして、Wと泣いているのだった。

その夜、正体もなく酔った父が、雨に打たれて門の前で寝ていたのを、ノネが見つけたために、父はあやうく助かったということを私は朝になって知った。

「お母さまのせいだわ。」私は心の中で思った。けれど、もしも父が酔わないで帰って来たら、どうなったであろう。私は父がとっても、かわいそうでならなかった。が、その夜のことは、父にも母にも、そして礼子ちゃんにも、いってはいけないことだと、私は子ども心にも思うのだった。

それから、幾日か経った昼ごろ、水色の背広を着てWはまた来た。衿足から額にかけて、髪の形は良く、うつむいた顔は下げた前髪のせいか、高い鼻ばかりが目立っていた。重い髪の毛で、半分もかぶさった二重瞼の目は、あまくせつなげだった。いつものように〝君恋し〞のレコードを鳴らして、二人で歌っている時だった。二階から降りて来た父は、二人を見ると、とっさに少しきっとした顔になって、

「君は、だれだね？」と、改まったようにいった。眉には深い皺がきざまれていた。

あわてて立ち上ったWは、父よりずっと背の高いのをもてあましたように、

「××校のWというものです」といった。

「じゃ、学生だね。」

「そうです。」Wがかたい顔でいうと、

「いや、失敬した。」父は、一瞬Wの目を正視すると、すぐに二階に上って行ってしまった。

あとに残った母と青年は、顔を見合せると、そっと笑い合うのだった。

別離

ふとめざめると、まだ起きている父と母の話を、耳にすることがあった。

「葉子ならまだいいけど明子なんか、まっぴらです。」

「一年入学をのばしたくらいの子だ。母親がいないとかわいそうじゃないか。」

「私はまだ若いんです……家庭からも、子供達からも、解放されて自由になりたいんです。」キンキンした母の声だった。

私の不安はますます大きくなっていった。が、幼い私は、すぐに眠ってしまうのだった。

それからまもなくの七月末、私の夏休みの時だった。家の中は散らばった荷物や、行李があって、なんとなくおちつかない日だった。早い夕食がすむと母は、私のいちばん好きな白いボイルのよそゆきを持って、私の前に坐ると、

「これに早く着替えなさい」と、なんだか沈んだ顔でいった。思いがけなくよい洋服を着られるので、はしゃいで部屋中を馳けまわって私は喜んだのだった。ずっと悲しいことばかりだった。が、今日こそは違う。やっと動物園に家じゅうで行かれるのだと思い、

「水筒は、葉子が下げるわね。」私は何度も母にそういった。祖母の土産のカーキー色の水筒が、早く下げたかったのだ。

父は、白い麻の背広を窮屈そうに着て、タバコをのみながら狭い家の中を、行ったり来たりしていた。いつまでもふだん着の浴衣のままの母を見て、私は、

「早くお母さま着替えないの？」とうながすと、寂しい笑顔をした母は、

「今日はね、お父さまと、葉子と、明子とだけで前橋のお祖父さまの家へ行くのよ」と言った。

「嘘よ、そんなこと！」私は母が冗談を言っているのならばと願った。しかし、母は、

「本当よ！」と、いつになくはっきりと言った。

「動物園に行かなければ、いやだ……」

「動物園はまた、いつかお父さまに連れて行ってもらうといいわね。」

「今日じゃなければいやあ！　今日行くの。」私は泣き出していた。

「だめだっていうのに、今日は前橋へ三人で行くのよ。」

「お母さまが行かなければ、いやだ！」私は、だんだんこわくなっていった。

「葉子は、お祖母さまが好きでしょ。それに明ちゃんはお祖父さまが好きだし……」

「お祖父さまもお祖母さまも好きじゃない……」

私は一所懸命うち消そうとした。

「だって、葉子は、小さい時によくお祖母さまにおんぶされたじゃないの。」母は笑っていった。

「どうしてお母さまも一緒に行かないの？」私は母が一緒に行かないということが、全くわからなかった。

「お祖父さまがね、お母さまのこと、髪を切ってしまったでしょ、それで怒って、家の敷居はまたがせないって言うのよ。」

こわいお祖父さまだと思った。細い金縁の眼鏡の奥に、やさしい目をして、いつも礼儀正しく正座している痩せた祖父を、私は素早く頭の中に描いてみた。

「でも、髪がのびたらきっと、あとから行くのよ。」

「髪がのびなくても、お祖父さまにあやまれば、きっとお母さまのこと叱らないわよ。」

「だめよ、お祖父さまはね、絶対に家に入れないって怒っているんだし……」

「じゃ、いつ髪がのびるの？」

「そうねぇ……でも、のびたらあとから行くのよ。」母は、なんだかあいまいにそう言った。

私は母のことばを一所懸命に信じようとしていた。

玄関の格子が開くと「お待ちどおさまあ」と、威勢のいい声がした。上半身のわりに足の細く長い車夫だった。戸のすきまから新しい人力車のひかった車輪が、少しのぞいていた。

父も母もすぐに道路に出た。三年のあいだ毎日遊んだ家の前の砂利の道は、もう夕方のけはいが漂っていた。妹の着た白い服が蝶のように見え、はしゃいで石を拾っては、人力車に投げていた。やがて父に手を取られた妹が、ひらりと踏台に飛びのった。つぎに父がゆっくり乗った。私がつづいて乗ろうとしたとき、母が背後から、

「礼子ちゃんにさよならをいっていらっしゃい」と、命令するように言った。こんな悲しいときにいやだと思った。が、バタバタと駆けて行きながら、私は落ちて来る涙を手でふり払っていた。そして、礼子ちゃんの家の玄関の前に立ち、思いきって「れ・い・こ」といおうとしたが、どうしても声が出なかった。そのまま駆け足で引返し、母の方は見ないで、待っている人力車の高い踏台に乗り、父の隣りに坐った。麦藁帽をかぶって静かに坐っている父を隣りに感じた時、母は窓から、

「蓋はお父さまにしていただきなさい」と、祖母の土産の水筒を差し出した。私はカーキー色の水筒を母の手から受け取ると、張りつめた気持が爆発してむせび泣き、大粒の涙がぽろぽろと水筒の上に落ちた。

父は無言で握りしめている私の手から、静かに水筒を自分の方に引き寄せた。その時、車夫が梶棒を高く持ち上げ、三人はぐらっと大きく揺れた。瞬間涙を手の甲で振り払うと、私は顔を挙げ、窓に額を押しつけて、母の顔を見た。

「髪がのびたら、きっとあとから行くわね。」そういって、格子戸の前に立って見送っている母の目には、私がはじめて登校した日とおなじに、涙がいっぱいにあふれていた。

礼子ちゃんが、お母さんと並んで、少しうしろの方で、手を振っているのをちらっと感じた時、車夫がスピードを加えて走り、みるみる母も礼子ちゃんたちも遠くの方に小さくなってしまった。

父はゆっくり、両側の窓に黒い幌を降ろした。

北曲輪町にて

人力車は、夜の暗い北曲輪町を静かに走っていた。母と別れた三人は、夜汽車に乗って前橋駅に着き、人力車で祖父母のいる北曲輪町の家に向ったのだった。

言い知れない不安な気持で私は緊張していた。さっきまで泣き通しだった妹は父の膝の上で眠っていた。私はいよいよ祖父の家も近づいたと感じると、「萩原家の敷居は跨がせない」と、母にいったという祖父がこわくなって、

「もう帰りたい」とべそをかいて父に言っていた。

人力車が静かに止ると、妹を抱いて先に降りた父は、高い板塀の右側のくぐり戸を開けて、私が初めて見る暗い玄関の方に、どんどん歩いて行った。私は恐る恐る父の後から蹤《つ》いて歩いた。父がつき当りの格子戸を開けると、すぐに奥から駆け出すようにして、祖母がでてきた。

私は、そっと父の背中にかくれて祖母を見た。

祖母の顔は馬込に来た時とは、ちょっと違うが、きちんと結ってある髪の型は同じだった。

「遅かったねえ、いまおとうさん（祖父）がお寝《やす》みになったところだから、静かにしておくれ」

と、声をひそめるようにしていった。

父は遠慮っぽく、

「あきらが、寝て困った」と、いった。祖母は、父の後にかくれている私をのぞいて見て、ちょっと嫌やな顔をすると、「早くお入り」と、いった。私はおじけて、父の洋服を引っぱっていると、父は「葉子、あがりなさい」と、早口にいって、先に妹を抱いたまま長い廊下を伝って居間に入った。

居間は広くて、大きな桟《さん》の障子ばかりが、私を取り囲んでいるように見えた。馬込の家のように破れた障子でなければ嫌やだと、私は思った。畳に降ろされると妹は眼を覚まし、きょときょとあたりのようすを見廻していたが、急に「お母さまあ！」と、瞳孔を開いたまま、恐ろしいものを見て怯えるように泣き出した。それを見ると祖母は額に八の字を寄せて「今からそれじゃ困るじゃないか！　今夜は、ともかくも二人を早く二階に連れて行って寝かしておしまい」と、父を叱るように言った。私はまた父の後にかくれて、暗い階段を上っていった。階段を上ってすぐ右側に、暗い部屋があり、そこに三つ蒲団が並べて敷いてあった。暗い部屋だが、誰もいないので良いと思った。私は白いボイルのよそゆきを脱いで、すぐ蒲団に入った。冷んやりした蒲団に手や足がさわると、私はまた涙がこぼれてきて、蒲団をかぶって泣き出した。

それからの私は、まるで環境の変った家で、毎日遠慮がちの日を送るようになった。

祖父は、お座敷で寝たきりだったし、祖母は大声で一日中家の中を駆けるように歩き、大勢の女中や看護婦に指図をしていた。

私は、友達もいないので馬込から連れてきたノネと一緒に庭で遊んだり、祖父が寝ている枕もとの築山に登ったり降りたり、また門の近くにある、赤銅の大きな天水桶の金魚を見て一日遊んだ。けれどいつも祖父のことが気になって、座敷の縁側に行っては、白髪の混った祖父の顔をそっと、のぞいて見た。

天水桶の金魚が、深い底に沈んで見えなくなると、裏の鐘撞堂が、ごおん、ごおんと、もの悲しい余韻を残して、築山の辺りに拡がるのだった。

私は、いやいやながら家に上って行くと、家の中は一層ごたごたしていた。茶の間の真ん中には大きなお膳が出て、女中達が夕食の用意をすると、祖母と私と妹と、時には叔母たちも集まって食事をはじめるのだった。

父はたいてい夕食のときに家にいなかった。祖母の傍にはいつもばあやが坐って、暑がりの祖母を煽ぎながら、

「奥さまも、大変でございますですね。」

などと言ってお給仕をしていた。枝豆やクワイの煮つけ、ウドやフキの佃煮など、みんな祖母の好きなものばかりだった。私が好き嫌いを言うと祖母は怒って、

「この家に来て、お祖母さんの世話になる以上は、我ままは一つも言えないんだよ」と、叱られるのが悲しかった。

祖母の頭の上には、古ぼけた柱時計が、ゆったりと振子を振っていた。私は一日のうちでこのときが一番いやだった。

私は、毎日母が来るのを待って、何度も門や玄関が開く音がするたびに、急いで出て行っては、がっかりした。どうして母がすぐ来ないのか、誰も教えてくれなかったし、何かの話に母のことが出ると、大人達は顔を見合せてだまってしまうのだった。私はある日誰もいない時に、

こっそり戸棚を開けてアルバムを探した。そしてたくさんある中から、むさぼるように母の写真を見つけ出した。がどれもみんな母の顔のところは、くっきりと切り取られてあるのだった。私はがっかりして、切り残されている着物の柄や手や膝を見て、写真の上にぽとっ、ぽとっと涙を落してしばらく泣いていると、

「あんな、おっかさんなんか、もう忘れてしまったほうがいいよ。」突然うしろから祖母の怒った声がすると、

「うるさいねえ！　こんなもの子供の見えるところに置いたのは誰だね？」と、怒って、アルバムをひったくるように取り上げて、ぶつぶつ言いながら祖父の寝ている部屋の方へ行ってしまった。私はかたくなにいつまでも、そこに坐ったまましゃくり泣きをしていると、

「朔太郎！　おじいさんがうるさいから、早く二人を寝かしておしまい！」祖母はいらいらした大声で、階段の下から勉強中の父に向って言うのだった。タバコをもったまままいそいで降りて来た父は、「葉子、どうしたんだね？」と、びっくりしたように言った。

祖母が、さっきからのことを父に告げている間、タバコの先にたまった灰が、ぽとっと畳に落ちたのも気がつかないで、立ったままだったが、

「二階に行こう」と言うと、先にどんどん階段へ上って行くのだった。私はいつものように泣きながら父の後に蹤いて行った。そして暗い電燈の点《とも》った二階の蒲団に入って、妹も一緒に泣いていると、私の枕もとにしばらく考えこむようにしていた父は、やがてぽつり、ぽつりと童

話を話し始めるのだった。すると小豆の入った括枕《くくりまくら》に、ポタッ、ポタッと涙の落ちる音と、父のお話とが入り混って、暗い部屋に漂うのだった。それは『不思議の国のアリス』だった。

それからは、寝る前にいつもお話をしてもらわなければ、寝ないようになった。

父は、いつも私の左側の枕もとに坐って、話し出した。そして、『開けごま』『ガリバー旅行記』『七匹の小山羊と狼』『赤ズキン』などを、おもしろく聞かせてくれた。中でも『不思議の国のアリス』は、何回でも聞かせてくれた。私は、母のことも忘れてむちゅうでお噺の国へ誘われていくのだった。

それからは、私達は夕方になっても、あまりめそめそ泣かなくなった。

何となく家の中が明るい空気に包まれていたある夕方、皆の食事が済んだあと、いつものようにひとりで、ぽつんと、お酒を飲んでいた父は、私をみると、

「葉子、ダンスをしよう」と、いった。私がいやだと言うと、父は立ち上ってきて、私の手をとり「ワルツだよ」と言って、馬込にいたときに教えてくれた足の運びで、踊り始めた。仕方なく私は父の足を踏み踏み、踊っていたが、ふと、何かの気配がしてふりむくと、障子の隙間に目がたくさん集まって私達を見ているのだった。思わず父からとびのいて、私は恥ずかしさで泣きそうになっていると、障子を半分開けて、廊下に坐った女中達は、

「ダンスというものを初めて見ました。お嬢さん、おじょうずですね」と、口々に笑いながら言うのだった。私は母がモダンガールと言われたように、とてもいやで、一刻でも早く皆向う

へ行ってくれないかと、思った。(父とダンスをしたのはこれが最後であった。)

祖父は、庭の築山の方を枕にして、お座敷に寝ていた。角ばった顔で、への字に結んだ口もと高い鼻がとても目立った。いつも細い銀縁の眼鏡を高い鼻にかけて、蒲団に立てた書脚に厚い本を置いて読んでいた。たまに眼鏡をはずして蒲団に起き上ると、痩せた膝の上に妹を抱き上げ「あきらは良い子だ、あきらはいい子だ」と、いうのだった。私は妹がにくらしいと思った。そして祖父の蒲団の裾をひっぱりながら、私のことも何か言ってくれないかと待った。けれどもそれっきりで祖父は横になってしまうのだった。

祖父は、祖母を呼ぶとき「おけい」と、嗄れて力のこもった呼び方をした。それは祖母の名が「慶」だからだった。「おけい」と呼ぶときの祖父は、なんだか一番祖父らしく好きだった。

祖母は、お湯好きで毎日お風呂に入った。台所の隣りに湯殿があって、夕方女中が焚口で、パチパチ薪を燃して湯加減を見ると、

「奥さま、お風呂が沸きました」と、畳に手をついて言いに来るのだった。

祖母は、すぐに湯殿に行き、しばらくしてから戸をいせいよく開けると、「二人共、きていいよ」と、大声で言うのだった。祖母は一日の中でこのときが、一番機嫌よいので、私はお風呂に入るのが嬉しかった。祖母は、とても熱いお湯が好きなので、私は火傷しそうに熱くてひ

りひりする足をがまんして、いっ気に沈んでからすぐにとび出ようとすると、

「あと十かぞえるまで、出てはいけないよ」と、きまって言うのだった。

お風呂のとき祖母は、やさしかった。丸い肩に続いて、太ったお腹まである大きな乳房をしゃぶってみたり、膝の上に腰かけて甘えたりした。そして、丸いお腹を見ては「赤ちゃんが入っているのね」と喜んだ。祖母は、磨り減った垢すりで力いっぱいごしごし身体をこすりながら、

「葉子は、まだ無邪気だねえ」と大きな声を湯殿に響かせて笑うのだった。私は垢すりを握って祖母の背中をこすると、首を垂れた祖母は、

「じょうずだよ、もっと力を入れておくれ」と、言うので嬉しかった。

湯舟の中で、今度はゆっくり二十数えると、祖母が、

「出てもいいよ」と、言った。私達は「わあっ」と、声を挙げると、まだ洗っている祖母を残してとび出し、台所や、廊下をあっち、こっち裸で飛び廻るのだった。するとばあやが慌ててとんできて、

「お嬢さま、早く着なくては雷様におへそを取られますよ」と、洋服を持って追いかけて来る。するとばあやのことばのように、不思議にごろごろと、びっくりするほど大きな雷が鳴り出すのだった。私は慌てておへそを押さえながら洋服を着ると、ばりばりとたたき割るような激しい雷鳴が、頭の上で鳴り響き、黄色の稲妻がすばやく目の前を幾条も通り、そして家の中はみるみる暗くなって行くのだった。

夏も過ぎ、二学期が始まると、私は近くの桃井小学校に編入した。馬込小学校とはまるで違う感じで、私は戸惑った。よごれた着物で鼻をたらしている子が目立った。洋服は、私一人だった。そして東京弁だと笑われた。私はここでも友達はできなかったが、シズ子という器量のよい子が「あそぼう」と、聞きなれないふしをつけ、掌に一銭銅貨を三つ得意そうに握りしめて来るようになった。祖母は、

「この子の家はダルマやだから、あまり遊んではいけないよ」と、言うのだった。

北曲輪町は、昔、城下町だったそうだが、近くの町には、芝居小屋や映画館が並んで、夜になると町は人出で賑わい、三味線の音は二階家の家々から流れていた。ある日榎《えのき》町の辺の映画館に祖母に連れられて行き、私は初めてトーキーというものを観た。それは『この太陽』だった。何のことかわからなかったが、傍にいる人達はみんな泣いていた。また見世物にも父に連れられて行った。大きな看板の絵を見ると、不思議な動物や人間がいきいきと想像されて、期待と恐怖でおそるおそる父の手を握って中に入るのだった。ろくろっ首という、真白い首の長い女が三味線を弾いたり、ものを食べたりして坐っていたり、片輪の子どもや蛇がいて、もやもやした、何だかえたいの知れないじめじめした空気だった。そして看板の絵のようなものは何もなかった。

ある日、裏庭で二人は暗くなるまで遊び、シズ子ちゃんが「あばね」と言って帰ってしまう

と、鐘撞堂は、いつものように、ごおん、ごおんと鳴り渡るのだった。天水桶の辺りは急に黄昏がせまり、暗くなってゆくと、なんとなく門のくぐり戸をそっと開けて、髪の伸びた母が入って来るような気がするのだった。私は家に入らないで、いつまでもサルスベリの根元にしゃがんで、母を待っていた。

「髪が伸びたらきっと後からゆくわね。」

母は別れるときに、私に約束した。だから私は毎日母の来るのを待っていたのだ。赤城おろしは犬の遠吠えのように吹いて寒かった。

「葉子、葉子！」威勢よく玄関が開くと、私をさっきから探していたらしい祖母は、「今ごろまでそんな所で何をしていたんだね？」と、荒い呼吸づかいで私に近づいた。おそるおそる祖母を見た時だった、

「おっかさんなんかいくら待ったって、もう来やしないんだよ！」と、吐きだすようにいきなり言った。思いがけない祖母のことばだった。私は谷底につき落されたような強い衝撃を受け、涙が、噴き上げてくるように頰に流れた。急いで台所まで駆けていくと、水道の栓を一杯に開けて、ざぶざぶ顔を洗った。いいあんばいに台所には誰もいなかった。

茶の間に父がぽつんと坐って、一人でお酒をついでいた。

「何かといえばすぐにめそめそ泣くし、薄情なおっかさんのことなんか、いつまでも思っている子だもの……」

「もとはといえば、いね子が悪いんだよ。こんな子供を二人も捨てて行く母親だものね。」

「……………」

「朔太郎！　いね子の居どころを探して、子供をなんとかしてくれるように、いってやったらどうかね？」祖母の怒った声は続いた。

からになっているお銚子を幾度もついでは、茶ぶ台に頬杖をついて考え込むようにしていた父は、タバコばかりくちゃくちゃ噛んでいたが、ふいに、思いついたように顔を挙げて立ち上り、

「さあ、もう寝よう」と言うと、いつものように先にどんどん二階に上って行った。

私は、まだ泣きながら父のあとについて行くと、私の枕もとの左側に坐って、父はしばらくタバコをのんでいたが、またぽつり、ぽつりと前の晩の続きのお話をしてくれるのだった。

「おっかさんなんかもう来やしない。」祖母のことばを思って、私はその夜はなかなか眠れなかった。

父はこうして私達が寝てしまうと、お酒を飲みにでかけるのだった。

大森にいたときのように、門の前で酔いつぶれているのを、ノネが吠えて教えたということもあった。祖母は朝になると、

「朔太郎、昨夕は随分遅かったねえ、もう帰るか、帰るかと待っていたけど、とうとう寝てしまったよ。鍵が締められないので、ぶっそうでやりきれないよ。」

「遅くなるなら電話くらいかけてくれないと困るじゃないか。」

「それに、お父さんが昨夜はかなりお悪くてねえ。朔太郎がいないので困ってしまったよ」

などと、父に浴びせるように言うのだった。

この年の暮、父は一人で東京へ行った。麻布の乃木坂倶楽部というアパートである。

父がいなくなると、私は毎朝学校へ行くのがいやだとすねて、玄関で泣いた。私は祖父にも祖母にも可愛がられなかったからだった。やがてお正月が近づいて学校も休みになると、私はいつもひとりで父の買ってくれた大正琴を弾いていた。

祖母は忙しそうに結いたての日本髪に、ガーゼの手拭をそっとかぶせて、たすきがけでせかせかと働いた。そして夕方掃除が済むと、祖母や叔母達が茶の間に集まって、年越そばを食べながら、鐘撞堂の除夜の鐘を聞くのだった。祖母は「除夜の鐘は百八ツの煩悩を消してくれるのだよ」と、教えてくれた。いつのまにか、うたたねをしている私の耳もとで、ときどき甲高い笑い声がして、私はびくっと目が覚めるのだった。

明けて、お正月（昭和五年）が来ると、きちんと片づけられた茶の間に、大きなお供えが飾られ、女中達も皆集まって、改まって「おめでとうございます」と、口々に祖母に言って、屠蘇をついだ赤い塗りの杯に口をつけるのだった。

「これで、だんなさまが早く癒って、朔太郎もみんな揃ってお雑煮が食べられればねえ」とい

うと、ばあやが、

「ほんとうに、そうでございます。大旦那さまの御病気は一日も早くお癒し致さなくては、申しわけがございません。おたっしゃのときは、何人もの病人をお癒しになったんでございますから、神様だって見ていらっしゃいます。」ばあやはいつのまにか両の掌を合せて、長いあいだ拝むのだった。

女中たちは皆、台所へ行き家の者だけになると、祖母は三つ葉の入ったお雑煮をよそって、

「今日からは、もうけんかしたり、めそめそ泣いたりするんじゃないよ。」

「一年の計は元旦にありって、昔から言って、今日がいちばんだいじなのだよ。」

「それから、ついでに言っておくけど、今年からはおっかさんのことなど、すっかり忘れてよい子になるんだよ」と、機嫌よく言うのだった。

お雑煮が済むと、筋向いの津久井の家に祖母と一緒に行った。津久井の家には、医者の叔父と叔母と二人の息子と看護婦達がいた。そして皆が一緒に集まって、ゼスチュアやトランプをして遊んだ。

祖父はまだ元気だったときに、この家で医者をしていたのだが、長男の父が祖父の期待にそむいて医者にならなかったので、父の妹の夫になった津久井惣次郎が、萩原医院に続けて津久井医院となったのである。津久井の叔父は、祖父とは医学的にはあまり意見が合わなかったそうだが、大柄で鼻の下に濃い髭をたてていて、その髭をゆすぶっていつでも、にこにこ笑って

ていた。往診の時には、祖父の使った赤いケットを人力車に敷いて、大きな黒いカバンをかかえていた。

祖父は自分の力で財産を築いた大変努力家だったそうである。ここで開業した時には、そこひの人を幾人も開眼させるばかりでなく、人格も立派なので〝生神様〟だと言われ、近所の人達からもとても尊敬され、噂を伝え聞いては、赤城山や東京からも患者さんが来たそうである。祖母の話によると、毎日患者さんの列は、門から玄関までのかなりの距離を、まるで「蟻のかいいんのん参り」のように続き、その整理に下足札を出したそうである。

また家の中もかなりの大世帯で、六人の父の弟妹には、一人ずつの乳母がいて、また人力車の車夫が二世帯に、東京から頼んだコックまでいて、それらの人達の指図は皆祖母がやっていたそうである。(祖父は大阪の人で代々医者をしている家に生れ、現在の東大の前身で医学校とかいった時分に卒業し、赤十字の院長として前橋へ来て、祖母と見合結婚をしたそうである。)

父は、祖父が盛んな頃にこの津久井の家で生れて子供時代を過した。診察室の近くの裏庭の隅に粗末なバラックの三畳たらずの小屋がある。若い頃父が、そこでマンドリンを弾いたり、のちにゴンドラ倶楽部というのを作って合奏した所だそうだが、いかにも家の者に気を兼ねて、密かに弾いたらしい小屋だ。

祖母の話によると、父が子供の頃に種を蒔いたという杏子《あんず》は、門の入口に大木となっておいしそうな実をたくさん実らせ、枇杷、無花果、柿なども甘い実をつけていた。ザクロの大木は、小屋の近くに枝もたわむほど見事な実をつけ、口もとからは宝石のような赤い粒々の実をのぞかせていた。表通りに面した白壁の土蔵のある離れの茶室の庭には、川が勢いよく流れていた。その流れの音には悲しい響があるように思った。そして母のことを考えるときもあれば、烈しく誰かが叫んでいるのだと思うときもあった。

祖父が、三年もかかって造らせたというお蔵の鉄の扉を開けて、祖母と一緒に入ると、静まった暗い中から、すうっと黴臭い冷たい空気が流れてくる。三十年経ったお蔵のにおいだった。祖母のあとからこわごわ真暗な二階に昇ると、つきあたりに明り取りの高い窓があって、さきに行った祖母が開けると、すっと幾条かの埃を見せた光が射し込み、祖父や父が昔読んだという本が、冷たい空気の中に静まっているのだった。

おとなたちが一緒に遊んでくれるお正月は、すぐに過ぎて春になると、私は四年生になり、妹が年齢より一年遅れてやっと入学することになった。乃木坂倶楽部から帰った父は、頭の遅れている妹のため、祖母と入学の相談や何かで忙しそうだった。

「せめて明子だけでも、いね子が引取ればよいのに」と、祖母はまたくり返し怒るのだった。

妹の薄弱は学校でも次第にめだって、

「この家には、ばかがいるよ」と、門に石を投げられるようになった。私は、今までよりもっと友達がいなくなって、皆が楽しく遊ぶ休み時間には、校庭の隅にかくれるようにして、始業のベルの鳴るのを待った。

祖母は「萩原家にばかが出るとは、世間に顔むけができない」と、父に一層叱言を言うようになった。けれども何をいわれても、黙っている父にしまいには腹を立てて、祖父の寝ている離れにぷりぷりして行くのだった。

「朔太郎も、親不孝者ですよ、この年になって二人の孫の世話まであたしにさせ、おまけに明子はどうするつもりなんでしょうね。」

「いね子もいね子ですよ、病気の子を放り出してダンスなんかに行ってしまう母親ですものねえ……」

「あたしたちが死んだあと、二人の子供の世話は、一体誰がするのでしょうか。」

祖父は、痩せて骨ばかりになった身体を、痛そうにして厚い蒲団に横たえていた。だまって目をつぶって祖母の言うことを聞いているように見えた。ときどき、

「おけい、番茶を飲ませてくれ」と、言うと、祖母が水飲みのさきを、祖父の薄い、土色の唇の中に入れた。祖父は、二口、三口力なくそれを飲むと、がくんと首をたれ、「ありがとう」と、細い声で言い、また天井を見て静かに寝るのだった。

祖母は、ため息をつくと、「明日にでも、朔太郎をここへ呼んで、少し了簡《りようけん》を聞いてみようじゃありませんか」と、いうのだった。

そんなある日、父の姿がふいに見えなくなったのである。祖母が「一体朔太郎はどこへ行ってしまったのだろうか」と、さわいでいると、また乃木坂倶楽部にいった父から手紙がきたのだった。

夏にむかって、祖父の病気は日増しに悪化していった。看護婦たちに抱えられ、苦しそうに顔をしかめて、祖父は高いベッドに移った。祖父の寝ている真白い蒲団の下からは、細いゴムホースが一本垂れ下り、ホースのさきはガラス瓶の中に入れられるようになった。そして看護婦が時々蒲団を持ち上げると、赤い色の液がポツン、ポツンと瓶の中に落ちる。尿だった。摂護腺炎《せつごせん》という尿が出なくなる病気だった。祖父は、への字に固く結んだ口を開くと、「おけい、わたしの命はもう永いことはない、朔太郎のことはおけいに頼むよ」と、言うのだった。

祖母は、目頭にハンカチをあてると、

「おとうさん（祖父）以上の名医はいないし、そうかといって自分で自分の身体は癒すわけにはいかないし……涼しくなればきっとすぐよくなりますよ」と、言うのだった。

しかし、その年は特に暑い夏が早くやってきた。

祖父の弱りきった身体は、暑さに急激に悪くなって、細いゴムホースを伝ってくる尿は、もう数滴しかなかった。苦しそうに祖父は、

「おけい、注射を打って早く楽に死なせてくれ」と、祖母の耳もとにふるえる声でいくども言っ

た。私は祖父の白いベッドもホースも恐ろしく思えて、病室にはあまりはいらないようになった。

七月一日の焼けるような暑い日だった。みんなは暑い暑いと汗を拭いていた。病室はなんだかいつもと違ったようすだった。

ばあやが、もう動かなくなった祖父の、ベッドの裾の方に立って、真剣な顔で、「大旦那さまのご病気は、わたしがきっとお癒し申します」と、祖父の蒲団の上に両手を翳すと、口の中でぶつぶつ何か気味悪く唱えて、永い間お経みたいなことを言っては、手を振っていた。不思議なことをすると思って私はじっと見ていた。

太った医者が、顔からぽたぽた汗を流して慌しく来て祖父の脈を見ると、ばあやのおまじないはやっと終った。鞄の中から太い注射を、祖父の細い棒のような腕に打つと、間もなく「御臨終です」と、祖母に頭を下げ、それから静かに帰って行った。

祖母は水に浸した脱脂綿で、そっと祖父の乾いた脣を拭うと「朔太郎に、せめて一目でも会わせてやりたかったのに」と、ハンカチを目頭に当て、それから祖父の白い蒲団に顔をつけ、肩をゆすって永いあいだ泣いた。

方々から駆けつけた叔母達が、代る代る祖父の骸の傍で「お父さん!」と、蒲団に顔をつけて泣くのを、私は、ぼんやり見ていた。

昭和五年七月一日、昔ふうに数えて祖父は七十二歳だった。

乃木坂倶楽部から、父が、麦藁帽を少しあみだにかぶって、駆けつけて来た時には、祖父の顔には、もう白い布が掛けられていた。

父の再婚

「しっかり相手の顔を見てくるんだよ。朔太郎はいつも落ち着きがなくていけない。それにひょこひょこすると安っぽく見られちゃうからね。」

祖母のくどくど何度も言う注意を、父はいつものようにうるさそうに聞き流していたが、きちんと外出着に着替え終った父のタバコを持つ顔や手つきには、いつになく何となく緊張した気分がみえるのだった。もう女学校も上級だった私は、この日父が見合に行くのだろうと察していた。しかし祖母はむろん私にそういう話は何もしてくれなかった。

翌朝になると、祖母はやっと階下に父の姿を見つけ、

「昨夜はどうだったね?」と言う。そして父がまだ何も返事をしないうちに、

「またれいによって気に入らなかったのじゃないかね」などとたたみかけていう。

父は祖母につきまとわれるのを迷惑そうに、手早く洗面を終え、

「飯にしてくれ」とだけ言うのだった。

父が何も返事をしないので、祖母は不満そうに、いつもの半熟のオムレツを作り遅い父一人だけの食事の仕度を、お膳に並べはじめた。

「見合にしちゃ帰りが遅かったじゃないかね？」茶の間からは祖母の大きな声が聞えて来た。

「あとで大谷君と一緒に飲んだんだ。」早口だがそう言う父の声がした。

「それでかんじんの話の方は何て返事をしたんだい？」

「いやなら早くことわったほうがいいよ。」

「もうことわった。」

祖母はあきれてまたたたみかけるように、

「何だってまたばかに早く断わったもんだね！　せっかく大谷さんが世話して下さったのに悪いじゃないかね。」

「……」

「朔太郎も世話してくれる人があるうちにいいかげんに決めないと、誰ももう世話してくれなくなってしまうよ、惜しいねえ、家柄も良いし身体も丈夫だっていうのに……」

それからかなりの日が経った時、祖母が「ちょっと話があるから来なさい」と私を呼びに来た。茶の間にゆくとタバコの煙の中に、父は横顔だけ見せて坐っていた。祖母は、

「こんど家におまえたちのおっかさんになるひとがくることになったんだよ」と言った。私は

いつかはこうなることを覚悟はしていたが、いよいよとなるとやはり動揺した。

「今お父さんと相談したんだけど、何しろ年も若いしするから、友達のようなつもりでいればいいよ。」

詩人の大谷忠一郎氏は父の友人だったが、この日に或るひとを世話して下さり、井の頭線東松原の家で父とお見合をしたのだった。

が父は、その見合の相手は気に入らないで、お茶を持ってきたひとにひと目ぼれをしてしまったのであった。そのお茶をもってきたひとは、大谷氏の妹M子さんだったのである。

「大きな娘におっかさんと呼ばれるのも、気の毒だから、お姉さんとでも呼ぶようにしたらどうだね？　朔太郎」とだまっている父に祖母は大声でいった。

今までしきりにタバコばかり喫んでいた父は、てれくさそうな顔をこっちに向けると、

「名前を呼んだほうが、自然じゃないかね？」と、はじめて祖母にとも、私にともなく伏目がちの顔をちょっとこっちに向けて言った。

「そうすると〝M子さん〟とでもいうのかね？」祖母は何となく気がのらないふうだった。

「そうだな。」父はまだ何か考えているように言った。

〝M子さん〟何だか友達みたいに呼べるだろうか？　〝お母さん〟なんてなおさら嫌だし、いろいろ考えるとやっぱり父が結婚するのは嫌だと思った。

父の再婚の話はこれまでにも二三度あったようだが、頭の遅れている妹や、祖母と一緒などのためもあって、結局はまとまらなかったようだ。だがこんどは、いよいよおそれていたことがやってきたと思った。私は父の幸せのためならば、どんなことでもがまんしようとその覚悟は前からしていたはずだった。けれどもいざ現実にはっきり決まると、私はやはり気が進まなかった。

いつか松原で見合して以来、父は大谷氏の実家の福島の家にたびたび出かけて行ったりして、かなり熱心に求婚した結果、やっとM子さんと結婚の話がきまったのはそれから一年くらい後のことだった。

M子さんは忠一郎氏の末妹で身体も弱く、あまり大切にしていたために婚期が遅れたとのことだった。

それからまもなくのある日、祖母は朝から掛軸なども春らしいのに取り替えて、忙しく座敷を掃除していた。

M子さんがいよいよ家に見えるという日だった。挨拶に出るのが、身を切られるほどに嫌だった私は、どうしても落ち着かないで、どきどきしながら自分の部屋に籠ってばかりいた。恥ずかしく不安でどうしようもなく、さっきから祖母が出たり入ったりしているお座敷の方ばかりに神経を集中していた。

いよいよ父がお座敷から出てきて、私の部屋の方へ向かってくる早い足音が扉の外で止まったと同時に、

「葉子、お茶をもってきなさい」と改まったように言う。

「はい。」私は重い心で扉を開けると、上等の和服を着た父が、まじめくさった顔で立っていたが、すぐにまた新調の羽織を着た背中を見せて、足早に行ってしまった。

茶の間で祖母が揃えてくれたお盆を持って、お座敷の入口に坐り、早鐘のように打っている心臓を、大きく呼吸しておさえると、思いきって襖を開けた。

そのとき、赤と緑の明かるい色の羽織がぱっと私の目に入った。私は早く挨拶してしまいたかったので、入口に坐ったまま羽織を一心にみつめていた。しかしそのひとはいつまで待ってもふり返ってくれないので、入口に坐ったまま、また戸惑ってしまうのだった。

私の正面の所に坐っている父が、私の困ったようすを見ると、さも困ったというように、まだ何か話しているそのひとに二言三言早口に何か言ったようだった。するとやっと気がついたように、細い首すじをちょっとひねって、色の白い顔を私の方へ向けてくれた。

「長女の葉子です。」

父がそういった瞬間すっかりあがってしまった私はぎごちないおじぎをするだけだった。殆んど無表情のまま私のおじぎに合せたように、そのひとはふわっと上半身を折って、私のおじぎにやっと答えてくれるのだった。

私は、お茶を紫檀のテーブルの上にのせて部屋を出ようとしたとき、父が「もう行っちゃうのか」と意外だという顔で私に言った。そのとき、ちょっとそのひとは細い首を心もち私の方に向けると、

「葉子さんですか？」と白い小さな歯を見せて、かなりの東北なまりで言った。私は「はい」と小さい声で言いながらうなずいた。父の色の黒い顔に比べてぬけるほど白いM子さんの顔だった。目尻はかなり細く上っていた。「いまが一番いいときですね」と感心したように言いながらうなずいている。

私は顔も上げられないほど自分の顔が赤くなってゆくのを感じるのだが、どうすることもできなかった。私は逃げ出すようにして自分の部屋にこもると、M子さんのことで頭がいっぱいだった。ぬけるように白い顔にこぢんまりした小さい鼻と、なまりのある声が耳に残った。そしてそのアクセントはちょっと泣き声を含んでいるように思われた。赤とグリーンのアブストラクトの大胆な柄の羽織を着た人に似ず、日本的な静かな感じのひとだった。それにこんなにおっとりした人は初めてだった。

それからまもなくの四月下旬（昭和十三年）目黒の雅叙園でいよいよ結婚式が行われた。媒妁は北原白秋夫妻だった。

式の後は熱海、伊豆、磯部、伊香保温泉、安中、前橋などへ、三カ月余りにわたる旅行をしたのだった。

いよいよM子さんが家にくると思うと、私は祖母のことがしきりに気になり始めた。果して祖母とうまくゆくだろうか。祖母は非常に我ままであったし、それに他人を愛するということの全くないに等しいひとだった。明かるい見とおしはできなかったのである。

どんなよい女中だって、祖母には気に入ったことがなく、文句や叱言を言わない日はなかった。そしてどの女中もみんな申し合せたように、

「旦那さまがよい方だから、私はがまんしているんです」と、しもやけで赤く腫れ上った手を痛そうにして言う女中達だった。

祖母が生れ変って、もっと愛情をもって他人を見ないかぎり、どんな奥さんがきたってうまくゆくはずはないと思った。

二階は広い洋間だが、真中だけを急ごしらえに襖でしきって、四角な日本室を作ったので、ちょっと変な落ち着かないものだが、ここをM子さんの部屋にしたのだった。（父はこの家を建てたときは、この二階でダンスができるようにと思って広くしたといったこともあったが、いちどもしなかった。）

M子さんを迎えてからの父は、今までのように無口でなくなり幸福そうに見えた。そして仕事が終っても飲みにゆかないで、晩酌も毎晩M子さん相手に家でするようになった。今までのようにぽつんと飲んでいたり、私を呼んで相手をさせたりした父も、M子さんのお酌でたえず上機嫌だった。

M子さんは小さい白魚のような手で、父の杯に首をかしげるようにしてつぐと、父はそれを一口飲み、

「君も飲みたまえ」とM子さんの杯につぐ。いくら飲んでもちっとも顔に出ないM子さんであったが、しまいにはきりもなくつぐので、

「もうわたしはだめですよ、先生」と困って、飲んだふりをして杯をあけてしまったりした。

しかし父はそんなことにはまるで気づかず上機嫌で、幾度も同じことをくり返して言っては、誰も相手にしてくれないと一人で笑ったりするいつものくせを出しはじめるのである。

祖母は隣りの居間で繕いものをしたり、新聞を読んだりしながら、早く済ませばよいのにと、しきりに気にしているが、いつまで経っても終りそうもないので、だんだんじりじりしはじめて、眼鏡を額にあげてはオルゴール入りの古風な「宮さん時計」をにらむようにしているのである。

しかし父はそんな祖母のようすなどいっこうおかまいなしに、きりもなく飲み続けているのだった。だがはじめのうちはM子さんは、祖母のこうしたようすなどちっとも気にしていなかったが、だんだん祖母が遠慮なく「早くすませておしまい」などと言うようになったので、気が気でないように、

「先生、もう遅いですから……」と父にさいそくしたりしたが、れいによってお膳に肘をつけて、半分眠ったような父は、M子さんのいうことなどに無頓着でいるのだった。

しまいには祖母は、もう今日こそはがまんがならないというように、機嫌悪く茶の間にきて、「朔太郎、もういいかげんにおしよ、いま何時だとお思いだい？」とさもおもしろくないという顔をいっぱいに現わして、どんどん片づけはじめてしまうのであった。M子さんは困ったように「わたしがやりますから」というのだが、祖母は、「待っていればきりがないよ」とM子さんに当てつけを言うので、父は祖母の不機嫌なのにやっと気がつくのだった。そして酔が覚めてしまったように、前掛をはずすとこんどはごはん粒をいっぱいこぼしながら、首からのエプロンを取って立ち上り、そのまま二階へ行ってしまうのだった。

だが、祖母のいないときの晩酌は、時間におかまいなしにゆっくり飲んだあと、ふだん祖母のいる居間でタバコをのむと、いつもの眠ったような眼で、M子さんの小さい白い足の指を、まるで無意識のようにひょいとさわったりするのである。そうしたときの父はまるで母親に甘える赤ん坊のようであった。M子さんがくすぐったそうに笑いながら、「葉子さんが見ているじゃありませんか」と言うのだが、父はいっこうに無頓着で、まるで猫の仔でもなでるような手つきで、細い指先でひょい、ひょいとさわったり、掌の中にM子さんの桜貝のような足の指を包んだりするのである。

M子さんはもうがまんできないように、気まり悪そうに足をひっこめてしまうと、父はねむったような目をちょっとあけて、こんどはM子さんの指先を、ひょいひょいとさわるのである。

M子さんは細い目尻をいっそうあげて笑うと、

「先生はだだっ子みたいですね」と指先を任せたまま、感心して言うのだった。

M子さんのちょっと寂しいなまりの響きや、美人とは言えない小柄なひとの、いったいどこが父はこんなにも好きになったのかと、時々私は考えることがあった。

しかし一日一日と、祖母はM子さんに冷淡に当るようになり、M子さんが父と一緒にいることを好まなかった。二人が二階にいるときなど、女中の手が空《す》いているのにわざとM子さんに用事を言いつけたり、買物を頼んだりするようになった。

初めのうちは「お嬢さん育ちだというのに、よく掃除も洗濯もして働く嫁だ」とほめていたが、このころになると、

「M子のように、気がきかない女がいるだろうか」とか「ひがみっぽくて陰気で嫌やだ」などと叱言を言うようになった。女中たちも、大奥さまがまた奥さまのことをこう言っていました、とM子さんに告げると、「何てひどいお母さんでしょう」と、エプロンで顔をおおって二階へ馳け上って、仕事中の父にこまかく告げるのだった。

二階から目を真赤にしたM子さんと、困った顔の父が降りてきて、でかけようとすると、祖母は、

「なんだっていつも二人そろって出掛けてばかりいるのだろうね」と嫌味を言う。

父は祖母の方を瞬間きっとした顔で見て、ちょっと立ちどまり、何か言おうとするがまたすぐに思い直したように、そのままあたふたと早足で出かけてしまうのである。父の後からかくれるようにしてM子さんが行ってしまうと、ますますいらいらと、「まるで娘のような着物じゃないかね」とさもにくらしそうに言うのだった。そしてまた女中に、M子さんの悪口を言いはじめるのである。こんなとき私がM子さんを弁護するようなことをちょっとでも言うと、もう手がつけられなくなってしまうのだった。そうかといって、だまって気の毒なM子さんを見ていることもできない私は、ついかっとなって祖母をなじると、「おまえまでがM子さんと一緒になってあたしを悪者にするのかい」と怒ったあげくに、しまいには泣き出す始末だった。

書斎の机の横には、いつでもM子さんが坐って、祖母に言われたことを一部始終父に告げていた。そして父が階下へくればこんどは祖母が待ちかまえて父に「朔太郎がM子にあまいからだよ」と父に怒って言った。そして日増しに父の顔は土色に冴えず、仕事もできないようだった。私はもう少し父が二人を何とかすればよいのにと思ってじれったいのだが、しかし父は、祖母にもM子さんにも〝うるさい〟とか「仕事中はだまっていてくれ」などとは言わず、いつでも額に深い皺を寄せてただ黙って聞いているだけだった。

夏がくると、祖母とM子さんがしばらく離れて暮せるようにと、父は考え、七月早々に軽井沢に一軒小さい家を借りて住むことにした。

祖母は、別荘を借りるなど、今までしたことがないのに、M子のためにぜいたくだと言ってかなり反対だったが、父にしてはめずらしく、祖母の反対を押して決めてしまったのだった。

温泉のないところは嫌いな祖母なので、軽井沢には一度も行かず、やはり毎年行く四万《しま》温泉の積善館に行ったのだが、九月の末になって父とM子さんが軽井沢から帰ってくると、祖母は前よりいっそう不機嫌にM子さんに当るようになった。

この頃になっても家のさしずはもとより、食事や父の下着の洗濯の世話まで、祖母は今まで通りすっかり自分でやり、M子さんにはまかせなかった。ちょっとしたことでもみんな祖母に聞き、一切は祖母のさしずのままで、家の中心はますます祖母ということを主張しはじめた。

ある日M子さんは、

「もう一年にもなるのですから、先生の身のまわりのことや家のことは、私にまかせてください」と祖母に言った。

朝から不機嫌だった祖母は、その瞬間だった、かあっと真赤な顔になって太った身体をふるわしながら、

「なんだって！　この家はあたしの家だよ。M子なんぞに勝手にかきまわされてはたまったも

のじゃない。」

「チリ一つ勝手にはさせないよ。」

耳まで赤く染めた祖母は、わなわなとふるえがとまらない。白い衿足を見せて、深くうなだれてしまったM子さんは、

「そんなつもりで言ったのじゃないのです」と細い泣き声で言うと、

「どんなつもりだろうが、M子がそんな気でいるなら、あたしは考え直さなくてはならない。」

「……」

「このあたしが、朔太郎と一緒に築いてきた家なのだからね。」

「でも先生の身のまわりのことぐらいは、ちっとは私にやらせてください。」

思いつめたようなM子さんの目から涙がぽろぽろこぼれると、エプロンで顔をすっかりおおったまま、二階へ小走りに駆け上って行った。

祖母は肩のあたりで荒い呼吸をしながら、きちんと結った日本髪のクシをぬくと、タボをやけに何度もかきあげ、「葉子はまさかM子の味方じゃないだろうね」とふるえ声で言う。私はさっきからの怒りでかっとして、

「お祖母さまはひどいじゃないの！」と打《ぶ》ちつけるようにいった。

「なんだって！　葉子とM子はぐるになってあたしをのけものにしようと思っているのだね！」

「お祖母さまは、あんまりひどいわよ。」

「誰が何と言おうと、この家はチリ一つM子の好きにはさせないんだからね。」

「それじゃM子さんがあんまり可哀そうじゃないの。」

「他人のM子のことをそれほど信用して、このあたしをそんなにばかにするのかい？」

「……」

「子供のときから苦労して世話してやった甲斐がないじゃないかね。」

「だってお祖母さまは、あんまりだわ。」

「いいよ、みんなでこのあたしをのけものにするつもりなんだね！　第一朔太郎があんまりおとなしすぎるから、二人ともつけ上ってあたしをばかにするんだよ。いいとも、二人とも出て行っておしまい！　二人は仲がいいんだから、一緒に出て行けばちょうどいいよ。」逆上した祖母は前後の見境もなく、わめきたてている。

二階へ行ったきりのM子さんの、すすり泣きの声がときどきあえぐように聞えてくるだけで、もの音一つしなかった。

夜になっても祖母はまだ機嫌が悪く、女中を叱りながら、やっと夕食の仕度ができたが、M子さんは二階に上ったきりだし、私は祖母とまだ口もきかないので、祖母はぷりぷりしながら、一人で茶の間で食事を始めようとしたところへ玄関があき、父が帰ってきた。

いつものように茶色のソフトを帽子掛けに無造作にかけようとしたときだった。茶の間から

駆け出すようにして玄関に来た祖母は、いきづかいも荒く、

「朔太郎かい⁉ 待っていたんだよ！」と言った。祖母のただごとでない様子を見ると、父は、さっと黄土色に血の気をなくして、しわの多いひどく傷悴した顔に変っていた。祖母はその父の顔に吐き捨てるように、

「M子のようなわがままなものは、もうこの家に置いておけないよ、おまけに葉子までがM子に加勢して、二人してあたしを悪者扱いにするんだからね。」

廊下に立ちすくんだまま、祖母のひどい語勢に押されてか、父は痩せた肩をいっそうちぢめるようにしているだけだった。

「ほんとに今日という今日は、もうあきれてものも言えない。」

「……………」

「だいたい、朔太郎があんまり甘すぎるのだよ、まさか朔太郎までがM子の味方をする気じゃないだろうね。」

休む間もなくしゃべり続ける祖母は、ここでちょっと息を入れると、ふところからハンカチを出して目頭を押さえ、ぶるぶるとふるえ、急に力を抜いたように気弱く、

「まさか朔太郎までが……」と泣声で言ったと思うと、力が抜けたように父の足元に坐ってしまった。

父は情けなさそうに祖母の興奮したようすを見ると、

「おっかさん、M子のことは僕にまかせておいてくれ」と静かに言った。

そのとき、急にハンカチを顔から離して祖母は立ち上ると、きっと父の顔を見上げ、

「何をお言いだい？　おっかさんの目の黒いうちは、M子のことは朔太郎の自由にはさせないよ。」

「……」

「あたしがおとうさんと二人で築いてきたこの萩原家じゃないかね、チリ一つだっておまえたちの自由にさせやしないよ。」祖母の赤ら顔は、次第に黄色くひきつったようになってきた。

父は無言のまま絶望にあえぐような目でちょっと祖母を見ると、骨ばった足首をみせて、消えるように二階に行ってしまった。

それからしばらくは、毎日がこうしたことの連続だった。そして結婚して一年目にとうとう離婚ということになり、M子さんは家を出てしまったのだった。

（しかし父は、祖母には秘密でアパートを借りて、そこでM子さんと逢っていたのだった。アパートは中野、四谷、巣鴨、小石川などを転々とした。父はM子さんの部屋を尋ねる時に原稿を持って行き「書きものをさせてくれ」と言い、半日位も書いては、びりびり裂いてしまい、そしてお酒を飲んでは帰ったとのことだった。）

再会

〝母に会いたい〟私は一日としてそう思わない日はなかった。二十五年前に別れた日、大森の家の格子戸の玄関に立って、母は人力車に乗った父と私と妹の三人を見送った。とんぼのゆかたを着て、母は涙をためていたが、私はあの最後の日の母の顔を、どうしても忘れることはできなかった。

父が亡くなってから十三年めに私は行先の知れない母の消息を何としてもさがそうと決心した。死んでしまったのなら、せめてお墓の場所でもよいから知りたいと思った。そして当時の母を知っていた父の友人たちに頼んだり、NHKの「尋ね人」で放送してもらったりした。が何の反応もなかった。私は最後の頼みの綱に、父の故郷前橋の役場に問合せた。役場からは鹿児島の方に移っているという返事だった。そして鹿児島に問合せると、こんどは金沢に移っているといい、そして最後に札幌に移って、現在札幌に姓は変っているが「いね子」というたしかに母の名をようやく見つけることができたのであった。だがうれしいという気持は実感とならないで、それよりまだ半信半疑の気持の方が強かった。そして札幌の住所にあてて手紙を書いた。しかし私はやはり興奮していたのですじ道もたてずに、自分でも何を書いたのかよくわからないほどだった。

一週間めの朝いつものようにポストを見ると、見なれない白い封筒で札幌からの男名前の手紙が入っていた。が、待っていた母からの返事ではなかった。不安な気持で急いで開封してみると、

「どなたか存じませんが、あなたからのお便り拝見しました。もう一度くわしいことをお知らせ下さい」とだけあって、母のことには一言もふれていなかった。母とどういう関係にある人なのかということにもふれていなかった。

何か冷めたい現実を思い知らされたようであった。私は戸籍謄本を開いてよく見た。するといね子という母の名はこの手紙の差出人のY氏の妻となって、最近入籍しているのである。母は私の手紙をはたして読んだのだろうか？

私は不安な気持で、もう一度母に手紙を書き送った。こんどは前より落ち着いていたので、ゆっくりすじ道をたてて書いたつもりだった。

するとそれから四日めの昼ごろ、札幌から今度は電報がきた。私は緊張のあまりぶるぶるとふるえながら読んだ。電文には、「オイデマツ　イネコ」とあった。「イネコ」という三字を見た時、私は突然気が遠くなるほどうれしかった。そして同時に吐き気がして、私は電報を握っ

たまま魂が抜けたようになって立ちすくんでしまった。

六月十六日、東北本線のうすら寒い車中の窓には細かい雨が絶え間なく打ちつけていた。乗りものに弱い私は初めての長い旅が心配だった。

東京駅で別れた、私の子供の悲しそうな顔と、まだ見ぬ母の顔とが重なり合って、疲れた頭の中に入り乱れていた。特別二等車には頭の禿げた年寄りが、旅なれた寝方で横になって心地よさそうに眠っていたが、馴れない私は横にもなれず、話し相手もなくしだいに疲れれば疲れるほど、いよいよ母に会いに行くという希望と嬉しさで眠れなかった。盛岡に着くと思いなしか寒さは一層ひどくなってきたが、暖房もない寒い脚元にかける毛布も上着もなかった。

青森駅のホームには氷雨が強く吹きつけてまるで冬のような寒さだった。風はかなり吹き「洞爺丸」と書いた大きな連絡船が左右に揺れていた。それを見ると母にだんだん近づけるという思いは実感となってたまらなくうれしかった。ホームでは並んだまま、人数を調べたりして、永い時間雨の吹きつける中を待たされ、私は自分の履いた白い靴がとてもみじめにうつるのだった。

洞爺丸の三等室は重い空気に閉ざされていた。雨の海面をアマツバメが水面すれすれに飛び交っているのが窓から見え、それは、自分の母に会う嬉しい気持を象徴しているかのように思えた。まだあまり船は揺れていなかったし、出帆には数分あったので、私は初めて乗る連絡船の広いホールや、売店などを珍しく見て歩いた。

やがてドラが永い余韻を伝えて船室に鳴りわたると、螢の光が静かに流れてきた。甲板に出ている若い人達は強い風に吹かれながら色とりどりのテープをはり、〝さよなら〟と叫んでいた。ここでは誰も私を見送ってくれる人はないが、母に会いに行く自分は幸福だと思った。

私はまた三等室に戻った。動きはじめると船の揺れは急に大きくなってきた。それに坐っているとかなり寒く、そなえつけのよごれた毛布にくるまり私はじっとちぢこまっていた。揺れは刻一刻に大きくなり、船酔いの薬を飲みにゆくのにも、てすりにすがりつかなければ歩けなかった。救命袋がいくつも備えつけてあり、緊急の場合の着衣の方法が説明してあった。私は初めて乗る船でひとしお不安の気持でそれを読みながら、母に会えるまでは死にたくないと願った。

船腹にぶつかる波の音はけだるい間隔で激しく繰り返していた。酔いがこないためじっと身体を動かさないように私は目を閉じ、静かにしていた。もうボーイを呼んで洗面器をたのむ人もあっちこっちにいた。しかし、ボーイは足をさらわれてはかどらず、汚物はずるずると大きく流されていた。

エレベーターの急の昇り降りのときの気持の悪い思いを果しなく繰り返しているのと似ていた。

昇るときは一層重苦しく、たとえようもなく不快だった。そのあとに死の谷間に落ち込んで行くような急降下が続くのだった。もう一時間もがまんしたつもりでも、まだ十分も経っていなかった。私は時間の経つことばかり願って油汗を流して苦しみにたえていた。母に会える喜びに比べればどんなに苦しくても堪えられると思った。ひどい揺れで薬はあまり効果はないようだった。

洗面器は全部塞がり、近くの人達もみんな青い顔で目をつぶっていた。気がつくと室はまるで病室のようになっていた。私も危うく苦しみに負けて吐き気が喉まで迫ってきた。隣りの人に声をかけたいと思ったがそれもできなかった。動けばだめになってしまうからだ。しかし母に会えるという希望で危うく負けそうな激しい苦痛と歯をくいしばって戦っていた。母も何年か前に札幌にゆく時は、やはりこんなに苦しい思いをしてこの津軽海峡を渡ったのかと思うと、母の苦労が思いめぐらされ、痩せて身体の弱かった母でさえ、堪えられたのに私もたえられないことはないと思った。

だが、私はもうだめだと思った。汗で目も見えないほどに苦しみにあえぎ、寒さで唇はぶるぶるふるえ、毛布一枚の足は棒のように感覚を失くしていた。こらえていた汚物がどっとこみあげて来そうになった。だがこの瞬間だった。甲板から甲高い若い男女の歓声が聞えたのだった。そして唄声が流れてきた。

私はこの瞬間危ういところで自分をとりもどすことができたのだった。見ると青い顔をした人達は声につられたように起きあがり、洗面器を片づけはじめた。〝ひどい荒れでしたね〟などという話し声で、今まで死んだような船室は活気づき、急に和やかな明るい室に変った。開かれた窓からはすがすがしい海の匂いが入ってきた。私も髪をとかし身仕度をはじめた。唇は恐ろしいほど紫色にふるえていた。

桟橋を渡ると、真上から海面に照りつけた太陽はギラギラと輝き、ところどころに赤や青の漁船が、まるで絵のように並んで函館の船着場は夢のように美しかった。いつの間にこんなに晴れたのだろうか！

いよいよ母に会えるという実感は、痛いほどの喜びとなって、胸に広がってきた。こんな雄大な海の近くに住む母は、きっと昔のように若くて美しいに違いない。が、もし苦労しているなら、母を引きとり私は一生めんどうを見よう。何度か夢で会う母は、病身のように細い身体で遠くの方に立って、〝葉子！〟と、かすかにいったかと思うと、すっと、どこかに消えてしまうのだった。しかしあと数時間で夢でなく本物の母に会えるのだ。いよいよこの目でほんとうに母の姿をとらえることができるのだ。

でもお互いにそれと分った瞬間は、人前もかまわず泣いてしまうだろう。そのときの感激のためにも、今日まで生きていてよかった。

いよいよ希望に胸を一杯にして、私は広々とした函館本線の窓外の景色を眺めていた。見渡す限りの新緑の高原を、汽車は快よい速度で走っていた。長万部《おしやまんべ》、倶知安《くっちあん》などの駅名を聞くと、いよいよ異郷に来たという思いがしきりにしてきたのだった。連絡船の苦しい船酔いは、まるで悪夢でも見たようだった。次は小樽ですという車掌の声に、腕時計を見ると、札幌に着く時間もいよいよあとわずかに迫っていた。駅には母が出迎えに来ているはずだった。

私は、洗面所へいって鏡を見た。目は窪み、疲れた皮膚は油気を失い、ざらざらして長い旅とあの船酔いで苦しんだあとはまだ残っていた。私はこんな顔を母に見せたくないと思い、石鹸で汚れを落すと紅をさし、念入りに化粧した。

身づくろいが終るころ新緑の畑中を走っていた汽車は次第にスピードをゆるめ、やがて駅夫が「さっぽろ」「さっぽろ」と呼ぶ声が異様に大きくホームに広がった。それを聞くと私は思わず胸がどきどきした。しかし私はスーツケースを持ってゆっくり立ちあがっていた。大部分の人は荷物を持ってぞろぞろと降りたち、想像していたよりずっと札幌駅は大きく、賑やかだった。

永い間、掌に握りしめていた切符を改札口で渡すと、私は大勢の人々の中に母の顔を捜していた。この瞬間はもう何も考えなかった。緊張と期待とのはりつめた頂点の気のゆるみなのだろうか。しばらくすると、〝ようこじゃないかしら〟とどこかで誰かのつぶやく声がしたように思ってふり返った。見ると黒い服を着た太った老女が私を見て立っていたのだった。それは見たこともない人だった。が、瞬間私は自分を取りもどし、その老女のあごに目がとまった。突然子供のころの記憶がありありとよみがえったのだった。

母だ！　と思うと失望で私は打ちのめされたようだった。何もかも変り果て、しかも何と老いた母だろうか！

私はすっかり戸惑ってうろうろと太ったそのひとに頭を下げた。そして何か言おうと思って気ぜわしくことばを捜した。

「背がわたしより高いわ。」その声はたしかに母のあの少しきんきんした声だった。そして表情もなく戸惑っている私を見上げるようにしていたが、その時、どこからともなく、中年の男の人が母の隣りにきた。すると母は急に我に返ったように「わたしの主人のYよ。挨拶しなさい」とはっきりした声で言った。

重厚な感じのY氏は、私の挨拶に軽く答えると、スーツケースを私の手から受け取って、どんどん先に歩き出した。母はその人の背後について歩きながら私をふり返って「お腹すいてるんじゃないの？」といった。私は思わずすいていると答えた。が、激しい失望は次第にぎくしゃくとしたこだわりとなってひろがってきたのだった。

二十五年ぶりにあんなに会いたかった母は今、私の傍にいるのだ。しかし別人のような老いた母の横顔は、全く見ず知らずの小母さんのようであり、母だという実感は全くなかった。

この瞬間を思い画いた感激の場面は何もなかったと、ぼんやり母に従いて私は歩いていたのだった。

駅前の大きなレストランは、螢光燈の照明にテーブルが整然と並んでいた。一番隅のテーブルに三人は坐ると、白帽のボーイさんがメニューをもってきた。

「なに食べたいの？ 早く決めなさい。」母は命令するように気ぜわしく言った。私は知らない人達に御馳走になるような、へんなひけめを感じ、戸惑った。そしてもっと素直にならなくてはいけないとあせった。

「早く決めなさい。」母は額に深いしわをよせ、ぐずぐずしている私にじれったそうに言った。

「コーヒーを……」

私は疲れて何も食べたくなかったが、思いつくまま言った。母は三人分のコーヒーと私のためにサンドイッチとを、はきはきとボーイに言いつけた。

ボーイが去ったあと、何となく不自然な沈黙が続いたあと、母は心配そうな顔で私の現在の生活の状態をいろいろ聞いた。私は何だか初めての人と話をするような気持になり、そんな自分がもどかしくて、不自然で嫌だった。

私は母にぎごちないことばで返事をしていた。何かもっと自然のことを言いたいと思った。まだ一度もほんとうのことばらしいものは、何も言ってなかった。が第一に母のことを何て呼ぼうかと迷った。子供のときのように〝お母さま〟というのもやはり恥ずかしいし……しかしそれが言えないうちは、心の悲しいわだかまりを取り去ることはできないと思った。私は水を一口飲み、乾いたのどに流し込むと、思いきって母の顔を真直ぐ見た。

その瞬間、母の顔には私をさげすむような表情がいっぱいに浮び、

「あんたは、まるで萩原そっくりの嫌な顔じゃないの！」思いもよらないつき放すような冷めたさが、その声の響きにはあった。瞬間、今まで押さえに押さえた緊張や疲れは、一時にせきを切って流れた。母やY氏の顔は、急に見えなくなった。そして混乱した頭の中に、意外な母のことばがぐるぐると渦を巻いていた。

「あたしにそっくりのあんたを想像していたのに……」

皺に刻まれた母の顔には、失望とも自嘲ともつかないものがあった。

黙って、静かに母の隣りに沈痛な面もちでタバコを喫っていたY氏は、ちょっと笑顔をつくって、

「札幌は、初めてですか？」と私に向って明かるく言った。私は救われた思いで、初めてですと答えた。

「じゃ、御案内致しましょう。」Y氏はそう言うと、大柄な身体を狭い椅子にきゅうくつそうに、横向きに坐り直した。

「わがままなことを言って申しわけありません。」私は二人のどちらにともなく言った。すると母は「ほんとうにわがままよ。あんたは！　急にあんな手紙をよこしたりして……」

「……」

「いい、うちとも随分心配しちゃったのよ、てっきり落ちぶれて、貧乏したあげくに私を頼ってくる

んじゃないかと思ってね。」

「すみません……」

私は自分の心のわだかまりがしだいに避けられないものになってゆくのを感じた。

「でも、そうじゃないこともわかったし……いいのよ、ゆうべは興奮して眠れなかったぐらいよ、でもよく来てくれたわね。」

さっきとはうって変って、母は少女のように感激を素直に現わしていた。

私は嬉しかった。やっぱり来てよかったと思った。こうして少しずつ母とのわだかまりは消えてゆくに違いないと思った。

Y氏は横向きの身体をこちらに向け直すと、

「いね子は、世間知らずで札幌の町も一人では歩けないんですよ。ハッハッ……」

母よりずっと若く見えるY氏は、まるで母親のような年とった母をかばうように言った。

この人が、母に代って私にあの手紙をくれた人だと思った。手紙には、母がいるともいないとも書いてなかったが、いかにもそういう人らしく、落ち着いたしんちょうさが、ことばの端々にもうかがえるのだった。

母は大きなY氏に心もち寄りかかるようにして、ぼんやり遠いものでも見るふうに、うっとりとした目をあけていた。

その目は幼児のように単純で素朴な眼差しだった。このとき私は思いきって〝お母さん〟と自然の感情で呼べそうで、〝今だ〟と思った。しかしそのとき突然母は夢から覚めたように、重そうに身体をおこすと、ちょっと虚《うつ》ろな眼で私を見て、

「そりゃそうと、明ちゃん（妹のこと）は、お嫁に行っているんでしょうね。」意外の質問だった。病気で知能が遅れた妹と私を母は置いて行ってしまったのだが、それ以来妹はますます不具同様となり、父が心配しながら亡くなったあとは、私が世話しているのだが、しかしそういう細かいこともいえずただ、「お嫁に行くなんてとんでもない」と思わずいうだけだった。母は知らないはずはないのだった。しかしY氏の手前もあるのかも知れないと考えるゆとりはなかった。

「子供の時あんなに頭が遅れていたのに……」と続けていうと、母は全く意外だというように、

「あんなにりこうそうだった子だけどねえ」と笑ったあとちょっと真顔になると、

「じゃあんたに随分せわかけたのね」と母はちょっとぎごちなくいった。が私はせめて母にだけは、妹の苦労をわかってもらいたかったのだ。永い間の苦労と不満が押しよせてきたように自分でもどうすることもできなかった。しかし私は、心とは反対に気弱く、

「明子さえ、普通なら……」とため息と同時にいいかけた時だった。突然頭からかぶせるように大声が迫ってきた。

「何をいうの！　あんたは今更そんなぐちをいいに、わざわざやってきたんじゃないでしょう。」

みにくくこわばらせた母の顔には、冷酷なものが一瞬走りぬけた。

もう何もいうまい！　やっとわだかまった心から解放されそうになっていた私は、めちゃめちゃに打ちひしがれ、悲しみでわなわなとふるえていた。

「あたしは、自分のやったことをちっとも後悔なんかしてやしないのよ。あたしにはあたしの生き方というものがあったのよ。」

自信に満ち、勝ち誇ったような母の顔だった。私は、これが自分の血を分けてもらった母親なのかと思うと、たまらなくみじめな思いだった。かくそうとしてこらえても、涙はあとからあとから、膝に落ちた。

私はやっと母に対する自分の甘い夢や考えを思い知らされたと思った。

骨格までがすっかり変って、どこを探しても私が幼い日に〝お母さま〟と呼んでいたときの面影はみじんも宿ってはいなかった。母はなおも強い調子で何かしゃべっていたが、

「そりゃ、あんたたちには可哀そうだったけど……」と、急に気弱くいった。

顔を上げてふと見ると、別人のような母はしわの深い目尻のあたりを、ハンカチで拭っているのだった。

過ぎた日のことは、もうみんなお互いに忘れなければいけないのだ。私は母を責めにきたのではない。母に一目でも会いたかったのだ。その目的も果せたし、今はY氏の妻になって幸福に暮している母を見ればそれでよいのだ。

〝明日の朝早く帰ろう〟私はさっきから秘かにそう決心していた。東京駅で別れた子供の、寂

しそうな顔が浮んできた。せめてあの子にはこんな思いはさせたくないと思った。

母はハンカチを膝の上に置くと、ちょっと恥ずかしそうに笑って、

「幾日泊ってゆくつもり？」といった。

私はその邪心のない母の顔を見たとき素直に母の愛情を受けることができそうに思った。しかし母に期待してはいけないという思いがして、

「明日の朝帰ります」と、自分に打ち勝つようにいっていた。

「明日？」母はびっくりしたようにいった。そのとき今まで横を向いて、新聞を広げていたY氏は、

「祭を見ていらっしゃい」といって、読んでいた新聞をゆっくりたたんだ。

母と二人きりだというY氏から見れば、私などは全く他人にすぎないであろう。かざり気のない「祭」ということばに、私はふと緊張した気持もゆるみ、母へのわだかまりも、とけてゆくのを感じていた。

「さあ、早く家へ行きましょう。」

母はふとった身体をゆっくりY氏のあとからついて立ち上ると、より添うようにして歩き出した。

なで肩の、すっかり老人のようになった母は、Y氏に頼りきっているようだった。私はこれが自分の母なのかと、不思議な何とも整理のつかない気持のまま、夜の札幌の乾いた町を、タ

クシーを捜している二人の後からついて歩いていた。

折にふれての思い出（一）

室生さんと三好さんのこと

父は、若いときからたくさんの友人に恵まれていたようだが、娘の私から見ると、何といっても一番長い間の、切っても切れない友人は、室生犀星さんと三好達治さんだったと思う。

父は友人の噂などをほとんど家でしなかったので、誰とどんなぐあいに交際していたのか、今考えてもよくわからないが、家へよく来られた方や、手紙などもちょいちょい下さった方たちとは、随分親しかったのだろうと思われる。

そのうえに祖母はとても交際が嫌いで、父のお客様にはまるきり無関係だったので、家同士の交際などはもとより、かなり著名な方など家に見えても、祖母は名前さえ知らないことが多かった。

けれども祖母は室生さんのことだけは、絶対に信頼していて、何から何まで室生さんに見習うようにと、いつも父にいいきかせていた。

父も機嫌のよいときに限って、室生さんの話を祖母にもよくした。そしてたいてい最後には、「室生はまったく、はきだめに鶴だよ」とか、「鳶が鷹を生んだんだよ」というのだった。鶴とか鷹とかいうのは、室生さんの娘の朝子さんのことだった。すると祖母は、

「ほんとうに、室生さんの朝子ちゃんは色白で可愛いねえ」とひとしきり感心していうのだった。父はまた「まったく、はきだめに鶴だよ」と感心して幾度となくいうと、

「葉子も朔太郎に似れば、少しは何とかなりそうなものに、色のくろいところばかり似て取りえがないよ」と私の顔の非難に及ぶのだった。しかし父がそれには無頓着なようすをみると、祖母は不服そうに、

「朔太郎も室生さんのように、軽井沢に別荘でも作るぐらい少しは考えてもよさそうなものにねえ。」

「だいいち室生さんは、ちゃんと行く先々のことまで考えていなさるじゃないか、やっぱり詩人なんかろくな人間はないよ。そこへゆくと小説家の方が偉いよ」というのだった。

父は何をいわれても、だまっていて祖母のうるさくなってゆく話には、いつも取合わないのだった。

「それに朔太郎のように夜更しをしたり、お酒も浴びるほど飲まないし、身体を大事にしなさるから、室生さんはきっと長生きしなさるよ」といっていた。

昭和の初めの頃、馬込に住んだが、近くに室生さんが越して来られてから、私は母に連れられてよく室生さんの家に行った。日本造りの庭に、石燈籠や珍しい形の石などのある中を、とび石伝いに歩いて行くと、つきあたりの茶の間に室生さんは、がっちり骨太の上半身をみせて坐っていられるのだった。色がくろく四角っぽい顔を見ると、ちょっとこわいと思うが、すぐにこわくないことが分ると、私は、「湯ざましちょうだい」ときまっていった。その頃朝子さんはまだよちよち歩きで、私より小さかった。

みんなはその小さい朝子さんを可愛い、可愛いと口を揃えて、ほめちぎったが、その頃から父は、「鳶が鷹を生んだ」というようになったのだった。

無口の父があれほど感心して幾度もいったほどだから、朝子さんはよほど可愛かったに違いないと思う。

室生さんは、父と違って子供に日常生活でも具体的にこまかく愛情を示すほど子煩悩なのだが、私はそれが羨ましかった。それに父は私の服装のことなど、ちっともかまってくれないので、私は女学生になっても野暮ったい身装《みなり》をしていて、自分でも恥ずかしかった。

昭和十三年の夏、私の家では珍しく軽井沢に室生さんのせわで一軒家を借りた。

ある夕方、父はビールを飲んでいたが、ふと思い出したように私に、

「室生のところへ使いに行ってくれ」といった。私はちょっと渋ったがすぐに自転車に乗って、室生さんの家に行った。

軽井沢の室生さんの家もやはり大森の家と同じ日本庭園の造りで、チョコレート色のなめたような庭には、ところどころ苔も生えて木の葉一枚落ちていなかった。私を見ると、やはり茶の間に横顔を見せて、和服で坐っていた室生さんは、すぐ立ち上って廊下に出て来られた。私は父の伝言を伝えると、帰ろうと思い、門に置いてある自転車に乗ろうとした。が、いつの間にか私の後に立っている室生さんは私の足を指して、

「そんな野暮ったいものはやめて、若い人は先だけの、あれにしなさい」と私の靴下のことをいうのだった。私は女学校のときのままの木綿の、ぼてぼてした長いのを、はいていたのだった。私は急に恥ずかしくなって、一層早く帰ろうとすると、

「帰ったらさっそくそうしなさい」と背後から又室生さんの声が追いかけてくるのだった。

気がつくと、この町の少女たちはみんな素足にソックスをはいて自転車に乗っていたのである。家に帰ってさっそく父にいうと、

「室生はよく気がつくからなあ」とさも感心したようにいった。それからしばらくして堀辰雄さんの家に行った帰りに父は、近くの洋品店で私に似合いそうなのがあったからと、エンジにギリシャ模様みたいな絹のネッカチーフを買ってきてくれた。室生さんにいわれてみて、私があまりこの町の雰囲気に合わないと気がついたのかも知れないが、「自転車に乗る時に頭にか

ぶるのだよ」というので、かぶってみると、「葉子は、そのぐらい赤いものの方が似合うよ」と父はめずらしいことをいった。

室生さんと父が知り合ったのは、明治四十四年の頃、北原白秋の「朱欒《ザンボア》」という詩の雑誌に投書していた頃から始められたそうだが、それから三十年の間父が亡くなるまで続いたのだから、一番古い友達であろう。

日頃気が弱くておとなしい父も、室生さんとはかなり毒舌をたたきつけ合ったり、けんか別れもしたことがあったらしいが、そういうことのできる友は、父にとっても室生さんだけであったと思うのである。

やはり昭和の初めに馬込にいたときのこと、近くに三好達治さんが下宿していたのだが、その頃東京帝大を卒業したばかりの三好さんは、若くて大変元気なひとだった。そして毎日のように三好さんは私の家に来られた。羽織に折目正しい袴をつけ、がんじょうそうな肩をいからせて東の出窓から、

「萩原先生おられますか」とかん高い声でいって、ぬっと赤い笑った顔を出すと、母が二階にいる父に、階下から「あなた、三好さんですよお」と大きな声で呼ぶのだった。すると早足に降りて来た父は「やあ三好君か」と笑い顔でいい、それから愉快そうに話をするのだった。

三好さんが家に来ると、家の中は急に賑やかに明るくなってしまった。

私は、大きながんじょうそうな三好さんの背中に、わっといってとびつくと、三好さんは笑いながら後手に私を負ぶって立ち上り、肩車をして部屋を歩くのだった。あるときは、赤ん坊のように私を高く差し上げて、高い高いをしてくれたり、畳に四つん這いになって、「お馬」をしてくれたりした。私は、だからどのお客さんより三好さんが好きだった。

私はやがて近くの小学校に入るようになって、受持の先生が「萩原さん、お家からおむかえですよ」というので、出てみると廊下や校庭にやっぱり赤い顔をした三好さんが、直立不動の姿勢で、私の赤い番傘を持って立っているのだった。

それから数年後に、私の家では小田急沿線の世田谷中原に落ちついたのだが、その頃同じ沿線の小田原に家庭を持っていた三好さんは、また私の家に来るようになっていた。しかし私は恥ずかしがりやの女学生になっていたので、門のあたりにちらっと、なつかしい幅の広い三好さんの肩が見えても、もうとびついていこうとはしなかった。

父は、仕事中に三好さんが見えると、「書斎に通してくれ」というのだった。家の者が、ちょっとでも仕事中は書斎に入るのを嫌がる父なのだが三好さんとは、よく書斎で話したりした。

当時の詩人達は会合の時など、かなりけんか早くてすぐにけんかが始まるらしかった。気が弱くけんかの嫌いな父は危険の感じられるような会合のときには、若くて正義感の強い三好さんを、よく用心棒に頼んでいたのだった。そして何か困ったことなどあるとすぐに、「三好君に相談してみよう」といって頼りにもしていた。会合のときなど肩幅の広く体格のよい三好さんの陰に、おどおどと、かくれるようにしている、痩身の父の様子を想像すると、おかしくなってしまうのである。

家を建ててから八九年目頃には、父は痔ろうで苦しみ、次第に健康も衰え、陽の入らない二階の狭い部屋で臥しているようなことがよくあった。そういうときに三好さんが尋ねて来ると、取次ぎに行った祖母や女中に父は「ここへ（寝室）通してくれ」といった。しかし詩人の嫌いな祖母は、父のことばを伝えないで、病気だからといって玄関でそのまま帰ってもらうことがよくあった。

父は、よくよくのことでないと決して怒らないのだが、このときばかりは「またおっかさん、そんなことをしたのか！　僕は三好君に会いたかったのだ！」ときっとしていったが、その時の父の傷悴した顔と激しい語調は、今でも忘れることはできない。

北原白秋のこと

昭和十年のある春の日のことだった。

父は「白秋の家にこんど行くけど一緒に行くかい？」と私に珍しいことを言った。私は、れいによりひっこみ思案だったのに、どうしてだか、一緒に行くと言ってしまった。

その日は私が学校から早く帰ってきていたから、たしか土曜日かそれとも日曜日だったと思う。

祖母は、父の外出着の鉄色の草木染の袷と、一番上等のちりめんの三尺を、たとうに包んで納戸に用意を整えると、柱時計を見て

「朔太郎、もうそろそろ仕度した方がよいよ」と気を揉んで言うのだった。

父は、沈丁花の咲いている庭でいつものようにタバコをのみながら、幾度となく庭を行ったり来たりしていたが、祖母に言われると急いで納戸に行って、外出着に着替えはじめた。

父は、かねてから眼が悪い白秋を心配していたが、その頃同じ小田急沿線の成城学園前に、白秋が越して来られたので、久々に私を連れて行こうと言ったのだった。

一升瓶を下げた父と一緒に小田急の成城学園前で降りて、トンネルのような桜の並木を歩いて、かなり行くと、やがて高台の赤レンガの洋風造りの北原さんの家に着いた。

菊子夫人に案内されて、見晴しのよい庭にテーブルと椅子の置いてある所で、しばらく休んでいると、主家《おもや》の方から黒眼鏡をかけた、大柄の太った白秋が、にこにこしながら、太いステッキをついて、こちらへゆっくり歩いて来られた。

太った身体に黒眼鏡は、とても痛々しかった。父も、はっとしたように顔を曇らせて、白秋の方を見た。

やがて二人は親しく、笑いながら話し合っていたが、白秋は、

「上のお嬢さんですか、馬込で見かけたときは、まだこんなで……」と、私に笑って言った。

私は、困ってもじもじしていると、

「おぼえていますか?」とまた聞くのだった。「いいえ」と頭をふって私が言うと、「そうでしょうね」と言って太った身体をゆすって笑うのだった。私は、三好さんなんかにあくたいをついたりした、大変いたずらだったので、すっかり恥ずかしくなってしまった。

やがて四人は、暖かい陽あたりのよい庭を、ゆっくり散歩した。

白秋は、父と並んでステッキをついて、ゆっくり先に歩いていたが、立ち止って指さすと、「あすこに見えるのは、今度できた東宝の撮影所ですよ」と説明してくれた。見ると向うの方の畑の中に白い建物の棟がくっきりと、春の陽に照らされて建っていた。そして四人が立っている足元は、敷きつめたような赤いレンゲ畑だった。

私は思わず父の方を見て、レンゲがきれいだと言ったが、父は何も返事をしなかった。

散歩が終ると菊子夫人が、ちょっと家に入ってそれから、すぐにテーブルの上に珍しい手料理を並べた。父はたいそう恐縮しながら、それを御馳走になり、和やかなひとときを過し、やがていとまを告げたのだった。

その後、「白秋の眼は、思ったより悪かった」と父は、かなり案じていたが、それから数年後の春に、父は先に亡くなってしまった。しかし父の葬儀のときには、白秋も絶対安静の重態だった。

父の霊前に、菊子夫人が一対の白百合の竹籠を飾ってくださったのが、ひときわ悲しく映った。あのときのレンゲの美しい色も、黒い眼鏡を通しては、汚ごれて見えたのに違いなかった。

かるはずみなことを言って恥ずかしいと思った。
それから半年後の十一月（昭和十七年）には白秋もとうとう亡くなってしまったのだった。

佐藤惣之助のこと

毎年、五月になると、私の家の藤棚は重たいほどの花をたくさん咲かせた。そろそろ開きかけた藤の見える茶の間で父は、夕方一人で飲んでいると、急に明るい顔を祖母にむけて、「今年も、佐藤と藤見酒をやろうかな」という。すると祖母は嬉しそうに、「そうおしよ、じゃさっそく手紙出そうね、ちょうどフグの粕漬もあるし」など、きまっていうのだった。

昭和八年の春の終り頃、私が学校から帰ってくると、太った惣之助と痩せた父とが並んで、庭を散歩していることがよくあった。そしてそれから間もなく、祖母の一番愛している父の末妹が、惣之助と結婚したのだった。祖母にとっても、娘夫妻を家に呼ぶことは、他のどんなことよりも嬉しいことなのだった。だから父もこの時ばかりは、大っぴらに友人を迎えられるので「おっかさん酒をたのむよ」と気がねなしに言うのだった。

レコード会社から頼まれて作った『赤城の子守唄』が思わぬヒットしてからは、佐藤惣之助ブームのように『湖畔の宿』『青い背広』『男の純情』『野崎小唄』等数多くの流行歌が当時唄われ、いわば一番盛んな時代だった。

ふだんは、めったに開けないお座敷は、祖母の手ですっかり掃除もすみ、花も活けられ、真中に大きな紫檀のテーブルを置き、床の間は季節にあった掛軸に、祖母が取替えるのだった。そして「もうそろそろ来てもよさそうだね」というと「やあ」と賑やかに佐藤夫妻が玄関に現われ、声量のある大きな声が家中に響くと、たちまち火の点いたような騒ぎになるのだった。忙がしい時は機嫌の悪い祖母も、この日ばかりはどんなに忙がしくても、文句ひとついわないで、たすき掛けで、お座敷と台所を行ったり来たりして働くのだった。

次々に運ばれるお酒が進むにつれ、話は一層賑やかになり、いつも釣の話から始まった。「葉ちゃん、この間どこそこの海でこんな魚が釣れたよ」と両手で示すのは三十糎《センチ》ぐらいだが、しまいには「こんな鯛が釣れて困ったよ。ワハハハ……」と言って、赤くかがやいた顔で、両手一杯に広げるのだった。父が「佐藤の話は、全く大げさだなあ」と笑っていうと、祖母やみんなは、わっとお腹を抱えて笑い出す。そしていよいよ興にのった佐藤さんの話は、おもしろく次から次へと終るところを知らなかった。

父は、いつも聞き役ばかりだった。すっかり上機嫌で佐藤さんの話を聞き、口数も多く、こんなに明るい顔はめったに私の見ないことだった。

佐藤さんは、父よりずっとお酒のテンポも早かった。そして〝食い道楽〟だと、自分でいうほどに、日本の隅々までの珍しいイカモノ食いの話を聞かせてくれた。此の間、何々の焼いたのを食べたとか、時にはぞっとする気持の悪いものも食べた話を、身ぶりおもしろく話して、口八丁、手八丁とはこんな人のことだと思った。

皺のない色の白い丸顔で、丸い目鏡の奥の細い目を、無くすように笑うひとだった。痩せて食も細く話下手な父に比べて、太って健康そのもののようだった。

こうして、夜の更けるのも忘れたかのように談笑したあとは、興にのった佐藤さんが、義太夫か新内みたいなものを、名調子で唄い出すのだった。時に「娘の前だよ君」などと父に笑って言われると、「おっと、と」などと言って、すぐ調子を変えてしまうのだった。そしてしまいには、肌脱ぎになって、女のような白く丸い肩を出して、手拭一枚を使い、くろうとはだしの腹話術や、手踊などのかくし芸をはじめた。そして終電車に遅れて泊まることもあった。

気がむかなければ、なかなか実行してくれない父に比べて、言ったことはすぐに実行してくれる佐藤さんは、旅行に行くときにはサインブックを持って行って、芸能人のサインを集めて、女学生の私を喜ばせてくれたり、またよく方々へ案内してくれた。そしてある夏の夕には、両国の花火へ誘ってくれた。

その日の夕方父と私と妹が一緒に家を出て両国の川原に着くと、向うにはもう惣之助夫妻が、古賀政男氏と先に来ていて、川ぶちにしゃがんで、花火を見ていた。かねてから古賀政男の曲を好きな父だった。が、「や、」と言って二人は、ごく簡単な挨拶をすると佐藤さんが「娘の葉ちゃんですよ」と言って、古賀政男さんに私のことを紹介した。そして私達は皆と同じように

広げた新聞紙に坐って、夜空に大きく咲き乱れる花火に見とれた。すると佐藤さんが、

「まあ一杯やろう」と、お酒のビンからめいめいのコップについだ。すると古賀政男さんは、新聞紙にくるんだ大きなものを、ごそごそいわせて開けると、中から枝についたままの大きな枝豆を取り出し、そしてみんなに「どうぞ、あがって下さい」と、女のようなやさしいことばですすめた。佐藤さんはおいしそうに食べると、

「君、うまいものをもってくるなあ、これはうまいなあ」と、ひどく感心して幾度も言うのだった。めったに食べない父も、うまいと言って、笑いながら枝豆を御馳走になった。私もこんな大きな枝ごとのを食べるのは初めてで、とてもおいしいと思った。

その夜の帰りだか、別の日だったかよく憶えていないが、やはりどこかへ行った帰りだった。

「葉ちゃん、ちょっといいだろう」と佐藤さんは言って、新宿辺りの汚ない居酒屋みたいなところに、父と三人で入ったのだった。中は大勢のお客が、がやがやしていて、みんな勝手に、飲んだり笑ったりしていた。店の隅でかなり痛んだレコードが大きく鳴っていた。それは『湖畔の宿』だった。女給さんたちはレコードのまわりを囲み、うっとりとして口々に唄っていた。

それが終ると今度は又別のレコードをかけた。それも佐藤さんの唄だった。

「また叔父さまの、やっているわね。」

私はそう言って、見ると二人とも、もうねむそうに眼をとろんとさせて、唄のことなど聞いていないふうだったが、佐藤さんは急に明るいいつもの調子で、

「これもね、レコード会社でもっとやわらかくと何度も注文をつけられるので、やっとこれだけにしたんだよ」と言った。すると、父は顔を挙げて、

「そんなに注文つけてくるものかなあ」と感心して言うのだった。佐藤さんは、いつものようにまたじょうだんなど言いながら、ぐいぐいお酒を飲み始めた。

私はその時、色のくろい父に比べて色が白く、目のふちまで赤く上気した元気そうな顔に、血の通わない不健康そうなものを見ると、何だか気になった。そして早く帰るようにと、二人をうながして、やがてその店を出たのだった。

それからしばらくたったある日、佐藤さんはふいに一人で家に見えた。そして以前のように、父と二人で庭をゆっくり散歩していたが、

「何とかうまくやっているよ」と言うと、佐藤さんは、持前の声量のある声でワハハハと笑ったりしていたが、しばらくして茶の間に坐った二人は、いつになく真剣な顔でタバコを吸っていた。

「生活のためなんだよ、君。」

「僕は不賛成だな。」

膝を揃えて坐った父は、タバコばかり何本も火鉢の灰に立てていた。

「そりゃ君のように、生活の心配がなけりゃいいがね。」

佐藤さんがそう言ったとき、父に何ともいえない寂しい影を私は、感じた。

二人の議論は続き、それからは飲まないときには、いつもこんなことが言い交わされていたようだった。

やがて、戦争でお酒もあまり飲めなくなり、二人は藤見酒もできなくなってしまった。そして父は日に日に衰弱していったが、藤棚は年毎に花の数を増していった。そしていつもより特別暖かく、藤棚はむせるように甘い匂いの藤をいっぱいに咲かせた春に、父は亡くなった。いち早く馳けつけた佐藤さんは葬儀委員長となって、持ち前の気さくさで、万端世話をしてくれたのだった。ちょうど居合せた室生犀星さん、三好達治さんは「今度は僕の番だよ」などと冗談をいったが、佐藤さんは「いや僕の番だよ」とひときわ明るく笑って言った。しかしそれから、四日後の十五日には、佐藤さんが突然脳溢血で外出先で倒れたという訃報に、私は呆然として、藤にむらがる蜂のむれを、見ていたのだった。そして再び喪服を着た私は、大森雪ヶ谷の赤いバラの一杯咲いている庭に立って、ことばもなく焼香の列に加わった。

出棺の前に見た氏の最期の顔は、赤い庭のバラで深く飾られて、まだ生きて眠っているようだった。

折にふれての思い出（二）

私が生まれた時、父は前橋北曲輪町から、馳けつけてきて私をひと目見ると「いねさん（母）によく似ているね、僕にはちっとも似ていないな」といって、危なげに私を抱きあげてみて「軽くて小さくて可愛いけど黒ん坊だね」と笑ったそうだ。母の実家は前田家に仕える武士だったので、現在の東大の一部の前田邸内で生まれたのだった。「葉子」という名は、父が好きでつけたというが、母がどんなわけでつけたのかと聞くと「どんな大木でも二葉から生長する」という意味だと答えたそうだ。

父のことを記憶しているのは、私が二歳頃の時からだと思う。そのころもう祖父は医業を後にゆずって、前橋市石川町の家に祖母や父と母、それにこの家で生まれたばかりの妹と暮していたのであった。

石川町の家は厚い藁ぶき屋根で庭にみかんの大木、いちじく、柿などが実っていた。

夏の夕方になると月見草の根元にしゃがんで、私は花の開くのをじっと待つのが楽しみだった。耳をすますと〝ぽん〟というかすかな音がして、みるみる白い花が動き初めるのである。そして最後にぱっと花びらが開き終ると、ここが咲いた、あれが咲いた、といちいち祖母や母に告げるのだった。

また私は父に肩車をして、すずなりのみかんの木の下にゆき、肩にのびあがって小粒のみかんを取るのが好きだった。よく熟してない青っぽいみかんは、小さい掌にも三つくらいはつかめた。何ともいえない甘ずっぱい、むせるようなみかんのにおいを、私は父の肩車の上で楽しんだ。

ある日私は祖母に買ってもらった鈴のついた下駄がうれしくて、踵をゴムでしばってもらって、敷石の上に立つと、ふいにじょうずに歩けてしまったのだった。すると松葉ボタンの赤や黄が鮮やかな色となって私の目にうつってきた。その時廊下で見ていた祖母が「葉子が歩いているよ」と大声で皆に声をかけたので、私はとても得意になっていると、父や祖父たちが廊下に集まって私を見て笑いながら、しきりに何かいっているのだった。

私が三歳のときだった。一人でお座敷の前の庭で遊んでいると、自分の立っている足元が左右に揺れ始めた。と思うと同時に家の中から「地震！　地震！」と叫びながら祖母や祖父や母や父があわててとび出して来た。そして皆が庭に揃った時だった。突然祖父が「あきらがいない！」と叫んだ。その声で皆は妹を忘れてきたことに気がついて、見ると妹は座敷の廊下の柱につかまってお坐りしているのだった。和服を着た若い母はあわてて妹を抱きに家に入り、それからまた皆は、かたまってまだ揺れの続く藁ぶき屋根を見上げながら「東京はきっと大へんに違いない」といっていた。私は地面が割れるのではないかとこわくて、夢中で父につかまっていたが、この恐ろしい記憶は大正十二年の大震災だったのである。

（翌日父はリュックにお米を背負って、途中野宿したりして東京の親類の家まで見舞に行ったと後でわかった。）

翌年は父母と私と妹の四人は上京して、大井町に一カ月、田端に一年と住み、ろくまくを患った母のために鎌倉に越したのは大正十四年だった。

毎朝黒いマントを肩からすっぽり着た父に連れられて、すぐ近くの海岸へ行き、私と妹はきまって砂丘のすべり台で遊んだ。太いパイプをくわえた父は太った白と黒のブチ犬のそばに、左の肘を砂丘について横になり、白いマントに毛糸の帽子を母に目深くかぶせられた私達は、すべり台の頂上から〝お父さま〟と呼ぶのである。すると父はパイプを右手に持って、にこにこ笑いながらこっちを見上げ〝うん、うん〟とうなずいてみせる。私達は何度も昇っては父を呼び、そしてすべっては遊んだ。また母も一緒に羽二重のようにきめの細かい朝の海辺を散歩することもあった。波打際には桜貝、つの貝、うに、こやす貝などがお伽の国のようにキラキラと輝いてたくさん落ちていて、母も私も桜貝を拾って帰るのが楽しかった。

少女の頃となった私は母がいないという急に環境が変ったせいもあって、内気で友達もないほどだった。その上に小学校を三度も変って、何より嫌やなのは遊び時間と遠足と運動会だった。友達がないので一人でぽつんとしているのが恥ずかしかったからであった。特に前橋の桃井小学校では母と別れた直後でもあり、父の見ていない所では家でも皆から〝母なし子〟といって邪魔者扱いにされるのが悲しかった。毎朝登校前に祖母や叔母たちにすねて、玄関で学校へゆきたくないと泣いて皆をてこずらせた。そのため怒った叔母は、私の背中をどんと力一杯けとばして突き落し、ガラスをピシャリと閉めてしまうのだった。頭のてっぺんから血の出るほど痛みは激しく、私は霜やけにふくらんだ手で涙をこすりながら、泣く泣く学校へ通うのだった。

父はあまり家にはいず、毎晩お酒を酔いつぶれるほど飲んでいたようだった。

このころ学校の作文に「お父さん」という題が出され、私の書いたことは、自然に父が毎晩お酒ばかり飲んでいることらしかった。がそれは先生に大変ほめられたので、そのため祖母に、〝家のよけいな恥さらしをする〟と叱られ、ついでに父まで祖母に〝少し飲むのをやめたらどうかね〟と叱言をいわれた。私はまた泣いていると父が、「正直に書くのは、よいことなのだよ」といって、祖母の前で私をかばってくれたのだった。

父は祖父の亡くなった翌年の夏に、しばらくの間祖母に私達をあずけて、東北沢に叔母と住んだのだった。そして夏休みに私が遊びに行った時のことだった。私は銭湯が何より嫌いで、叔母が入る間じゅういつも暑い外で待っていたのだが、ある時、父と一緒に男湯に入った。一緒に入ることなど珍しいので、嬉しくて私はそこらじゅうをかけまわって喜び、父が困ってとめても止まらず、あげくの果に小桶の上にのってはしゃいで底を抜いてしまったのである。

父は困り果てて、裸のままこわれた桶を持って番台へ行ってあやまったのだが、父のあやまっている様子があまり真剣だったので、私はやっとおとなしくなったのだった。

九月には下北沢にみんなで住める手頃の借家を見つけて、一家は前橋を引きあげて上京し、翌年には当時の世田谷中原駅から七、八分の所に最後の家を新築したのであった。（父が四十七歳の時だった。）下北沢は近く井の頭線も開通されるし、もっと便利になるので、初めはこの家を買おうかという案もあったが、もう少し静かな郊外の方がよいだろうということで、父が小田急沿線では一番好きな成城学園前と、世田谷中原（現在は世田谷代田《だいた》）をさがした。そして中原のほうに、駅から七分の小高い所に竹藪の空地を見つけ、一五〇坪借りたのだった。中原は屋敷町で静かな環境に恵まれていた。

いよいよ建築することに決めると祖母は、

「朔太郎、まさか借金などないだろうね？　もしあるなら全部返してしまってからでないと、家は建てられないよ」と心配そうにいった。父は笑って「そんなものないよ」といったが、祖母は「本当にないんだろうね」と念を押していうのだった。

父は山田醇《じゅん》氏の設計が好きで、氏の設計した家を何軒か見せてもらったり、自分でも家相の本や設計の本をたくさん読んで熱心に研究していた。

下北沢に住む加藤という古い大工さんの手で、七十八坪の家が昭和七年の早春から夏にかけて造られた。部屋数は十室ほどで西洋風の高く尖った屋根の家であった。そして屋根裏の洋間は父の書斎で、かなり広く取ってあった。

父は北側の書斎の方ではめったに書かず、南向の広い洋間の真ん中に座蒲団と机を置き、仕事をしたのだった。父は子供の時から祖父に書斎を与えてもらえなかったので、あっちの隅、こっちの隅へ行っては勉強していたので、そのくせがついてこうして二カ所に机を置くようにしたのだといった。

外見も部屋の中も和洋折衷で、父はそれを自慢にしていた。特に応接間には凝って、父の好きな、東洋風のランプを取り入れ、古道具店でやっとさがして来たという、赤い支那風の古風な燭台にランプを置いたり、階段の天井にもランプを吊したりした。隅の小さい本棚には『酒の書物』という厚い本が置いてあった。レンガを重ねたマントルピースにはガスのストーブをつけて、支那風の壺などを置き、『猫町』の表紙の額を吊した。

外廻りや塀は柿の渋で作るというエンジと茶の混じったようなべにがらいろで、白壁とのうつりは効果的だった。尖った家に不似合な和風の門が変った見なれない恰好なので、来る人はひどく感心した。東南に面した家で一番よい位置にある私の子供べやは六畳で、ここだけコルクの床だった。

父はほとんど南側の書斎でばかり書き物をしていたようだった。が天井も高く、広い板の間なのに、冬などストーブの設備もなくセトの火鉢ひとつきりで、大型の座蒲団に坐って机に向っていた。

毎年、春からそろそろ暑くなる時分になると、弱ってくる父だが、冬には強く〝寒い、寒い〟と口ぐせにいってはいるが、炬燵にはぜったいに入らなかったし、「僕は夏はかなわないが、冬は元気だよ」と、寒さに強いのを得意にするほどだった。

父が親しくしていた井内千代というひとは、父の書斎が寒そうで気のどくだといって、もう純毛もなくなったころ、上等の外国製の毛糸を、二本取りにした茶色の部屋着を編んでくれたのだったが、父は重いといって着なかった。祖母は「惜しいねえ」といいながら、全部ほどいて自分の上っぱりにしてしまったのだが、痩せているうえに何も羽織らないでいるので寒そうに見えてしかたなかった。

たいてい朝遅く起きて洗面がすむと、すぐ二階へ行ってしまい、お昼になって祖母になんども呼ばれるまで降りてこないで父は書きものをしていた。

昼の少しの食事がすむと、タバコをもって庭や、家の前を流れている川のふちを散歩するのだった。ときにはそのまま三軒茶屋の方まで散歩に行ってしまうこともあった。がたいていはまた二階へ行って、こんどは夕方まで続けて書くのである。

南向きの机の前にきちんと膝を揃えて坐って仕事をしているときの父は、どんなときの父より厳しい父に見えるのだった。

右手にはGペンを持ち、左の人指ゆびと中指の、真っ茶色にタバコ焼けしている指先に、必ず敷島を持って（後になくなって、朝日になった）いないことはなく、書斎はひどい煙で目が痛く、むせるほどだった。

火鉢の灰には無数の吸殻が林のように突っ立っていて、どれもみんな細い煙を出していた。机の真ん中には「萩原朔太郎用箋」と書いてある太い桝の原稿用紙が厚く重ねてあって、机のまわりや床には一二行書いては破いたのや、半分ぐらい書いて丸めてあるのがたくさん散らかり、大きな屑箱にも破り捨てた原稿用紙がいっぱい入っていた。

父は仕事のことを祖母などに話さないので、本が出るまでは名前も何もぜんぜんわからないのだった。祖母も父の本にはまるで関心がなく、何が出ても「またその印税で飲んでしまうんだろう」ともんくをいうのがせきのやまだったが、祖母もしまいには「朔太郎は毎晩浴びるほど飲み歩いてばかりいるのに、いったいいつ書いているのだろうか」としきりに不思議がった。

私もまた父の新しい本ができても、表紙さえ見ようともしなかったが、『虚妄の正義』と『絶望の逃走』がでた時には、表紙だけ手にとってよく見たのだった。それは父の机の上に、よくカラスの恰好をしたへんな切り抜きがいくつも切り抜いてあったり、おかしな人間の手の形をしたものが置いてあったからだった。

黒や赤や黄色の光沢のあるつや紙を、カラスの翼の部分や、顔の部分、爪の部分で別々に切り抜いてあり、父が机に向ってそれを楽しそうに切っていたこともあり、本はこうしてできるものなのかと思ったりしたのだった。

新しい家ができたことは私もうれしかったが、下北沢の小学校はかなり遠くなり、女学校へ入学のための居残りで、毎日帰りは真暗になった。おまけに家は高圧線の通った遊園地のすぐ隣りなので、片側は家がなく、どうしてもこわい遊園地の中を通らなければ帰れないのだ。ある春、もう真暗になった道を懐中電燈一つを頼りに私は急いで歩いていた。家に帰れば私立のS女学校から合格かどうかの通知が来ている筈だった。

私はふと後が気になってふり返って見ると三十メートルぐらい先の暗い道端に小柄な男が、道の隅にかくれるようにしながらこちらに歩いているのを見た。何だか不吉な予感がしたので、私は足を早めて歩き近道をしようと真暗な遊園地の中へ一二歩さしかかった時だった。後から足音と同時にいきなり誰かがすごい力で私の口をおさえようとした。咄嗟にあの男だと思い、私は背中のランドセルを思いきりゆすって、全身の力でその男をはらいのけてしまうと、手に持っていた懐中電燈を差し出して「これあげる」といった。すると男は私の力で、はねかえされておとなしく手を出して懐中電燈を受け取った。その隙に私は身をひるがえして、十メートルの急なはしご段を無我夢中で、矢のようにとびおりたのである。ちびで敏捷《びんしょう》だった私は、毎日この遊園地できたえていたのが思わぬ時に役立ったのだ。とびおりると今度は七八メートル先の私の家に一目散にかけて、裏門を「どろ棒、どろ棒」と必死で敲いた。夕方になると不用心だから鍵をかけておくので、外からは開かないのである。三四回夢中でわめいていると、内からあわてて家の者が出て来たのと、後から追いかけてきた男が、また私の口をおさえようとしたのと殆んど同時だった。

家にとびこんでゆくと茶の間で晩酌をしていた父はおどろいて出て来た。私はふるえがとまらず、激しい恐ろしさとショックでものも言えずただ「どろ棒が急に後から出てきたの」とひきつったようにいうきりだった。父が「すぐに交番に訴えた方がよい」というので、まだぶるぶるふるえながら私は祖母と一緒に近くの交番に行ったのだが、こんなに死ぬほどこわいめに逢っているのに、巡査も祖母も落ち着いているのが不思議だった。

翌日からは時間には遊園地まで女中に迎えに出てもらってほしいと祖母にいっても、女中は一人もいるのに夕方の食事で忙がしいからだめだという。父が晩酌で家にいる時は「遊園地の所まで出てやってくれ」というので、出てくれるが、それも遊園地の入口の危ない所を過ぎた向うに立っているので、安心できなかった。

なぜもっと、私を危険から守ってくれないのだろうと、私は悲しく不満だった。が何としても祖母のゆるしがなくては何事もだめだった。無理にいえば母がいないということとすぐに結びつき、父も私も、祖母に母がいないくせにといわれてしまうので、強くは主張できなかった。

「この家ではあたしは鶴の一声」だと祖母はいうようになり、何事も祖母のゆるしなしには、できなかったのである。

私が女学校三年になった時だった。母代りの祖母は若い者の理解は全くなく、私は孤独の毎日を送るようになっていた。そのうえ女学校は封建的な堅苦しい学校で上級生や下級生と話をすることさえも堅く禁じられていたのだ。

その頃五年生に連子《れんこ》という成績も良く、整った顔だちの人がいて、この人のどこか愁いのある孤独そうな様子に私はすっかりあこがれてしまったのだった。しかし口を利くことはもとより、手紙を出すことなど恐ろしい罪を犯すようでとてもできなかった。私は毎日連子さんのことで胸が一杯で、勉強もろくに頭に入らなかった。

そうしているうちに一番恐れていた連子さんの卒業の日は近づいて来たのである。私はあせりはじめ、せめて写真を撮るということを考えたのであった。写真を撮るといっても本人の姿を撮ることなど夢にも考えられず、せめて連子さんの家を撮るのが精いっぱいの冒険だった。けれど私は写真機を持っていなかったので、やっと小遣いを集めて一番安物の箱形のを買うことができた。

祖母がいつものように芝居を観に行って留守になると、事情を知っている若い女中に一緒について行ってもらって、私は一大決心で麻布三連隊の連子さんの家に急いだのだった。しかし連子さんの家はなかなか見つからず、ながい時間かかって、大きな家と家の間をうろうろ探しあぐねた末、やっとのことでそれらしい二階家が見つかった時は、もうかなり陽が暮れていた。

もし連子さんに見つかっては大変と、女中に見張りを頼み、どきどきしながら大急ぎでシャッターを切った時は、鬼の首でも取ったような気持だった。大喜びで帰ると家には祖母が先に帰っていて、私たちを見ると、

「こんなにおそくまでどこをうろついていたのだい？」とひどい怒りようだった。私は小さくなって自分のへやに入ったきり、おどおどしていたが、果して口どめしていた女中に一部始終を祖母は聞き出してしまったのだ。烈しく怒った祖母は、

「とうとうおまえも不良になった」といい、

「もうあたしじゃ手に負えないから、朔太郎が帰ったら何とかしなくちゃならない」と父の帰るのをぷりぷりしながら待っているのである。がいつものように父はなかなか帰って来ない。

「こんなに重大事件が起っているのに、朔太郎は何てのんき者だろう」と今まで見たこともないほどに怒っているのだった。

私は祖母がとても恐ろしいと思った。それに何かにつけては罪人のように私を扱うので、いつのまにか自分は後暗い罪を負っているかのような気持にさえ追いこまれていた。青春さえも罪悪だという気がするほどだった。

遅くなってから父が飲んで帰ってくると、馳け出すように玄関に迎えに出た祖母は、写真のできごとをいつものくせで二倍も三倍も誇張して告げていた。「明日からは当分の間、学校から帰ったら一歩も出さないで見張っていなくてはならない！」

私は自分のへやで息をひそめていたが、祖母の興奮状態はますますひどくなっていったので、もしかすると父にも叱られるのではないかと緊張して、父のことばを待った。

父は祖母がいいたいことだけいってしまうあいだいつものようにふん、ふんといっていたが、「おっかさん、それはファンというものだよ」とちょっと笑い声でいったかと思うと、さっさと中廊下を歩いて二階に行ってしまったのだった。

それからしばらく経って、父は思い出したように「写真はできたか？」と私に聞いた。私はてれくさいのをがまんして、

「失敗しちゃったわ」というと父は笑って、

「安物じゃだめだよ」といった。〝もっと上等のを買ってやろうか〟と父がいってくれることを秘そかに私は願っていたが、父はそれきり何もいってくれなかった。

この頃の私は、お客様に挨拶することがひどく恥ずかしくて嫌いだった。だから父のお客様にはよくよくの時でない限り出てゆかなかった。

父もむりにこんな私をきたえようとして、〝お茶持っておいで〟などとはいわないが、時には親しいお客様の時など私を紹介しようとして、応接間から出てきて私を迎えにくるときもある。私は大げさにいうと死ぬほど嫌で、真赤になるか真青になって、早鐘のようにどきどきしながらおじぎをして、全くお客様の顔も見られないで、すぐに逃げ出してしまうのが精いっぱ

いなのであった。祖母は女のくせにと、いちいちうるさく行儀のことなど文句をいうが、父からそんなことなど一度もいわれたことはなかった。が、挨拶のことだけは時折〝葉子のおじぎけ全く早いなあ〟と困ったようにいわれた。

「だって恥ずかしいもの」と私はいつもそう言いわけして、心の中では〝こんどからはもっとゆっくり落ち着いてしよう〟と反省するのだが、とうとう一度も父にほめられるようにはできなかった。

ある日武林無想庵《むそうあん》氏が、娘のイヴォンヌさんと二人で家にいらしたことがあった。父は〝友達になるとよいから挨拶しなさい〟と私を呼びに来た。心の中でおじぎができないから嫌だと思いながらも私はがまんして挨拶に行った。父は同じ年頃の娘同士ならきっと話も合うだろうと思ったらしく、〝娘です〟と私を紹介して二人を取りもとうとしていた。アメリカから帰ったばかりだというイヴォンヌさんは、色白の華やかな顔立ちで、年もずっと私より上らしく落ち着いて坐っているのだが、私はイヴォンヌさんをちょっと見ただけでへんなぎごちなさを覚え、おどおどしてしまった。おまけに日本語がよく分らないというイヴォンヌさんは、一言ものをいってくれないのだ。父は二人をうち解けさせようとして、しきりに話題をさがして、イヴォンヌさんに話しかけるのだが、〝そうです〟とか〝いいえ〟というきりでおしまいになってしまう。私の方も同じなのだ。父はさも困ったようにしているが、イヴォンヌさんの方は退屈そうにマニキュアをほどこしたきれいな指先で、ハンカチをいじっているだけなのであった。

父は、せっかくイヴォンヌさんが一緒にいらしたのに、もう少し何とかうまくもてなしができないものかと、私の社交下手が不満だったのに違いないが、あとでいつものように、「葉子は全く下手だなあ」と笑っていっただけだった。

だが、うそをつくとかごまかすということがあれば、父はこんなに寛大ではなかった。そして神経質に激しくしりぞけるのである。祖母はこれを知っていて、私とけんかしたとき、くやしまぎれに〝葉子がこんなうそをついた〟と父に告げるのであった。すると父は急に眉をひそめて、〝本当か〟と祖母に聞く。だがたいていは祖母が私に意地悪くいっているのだということが分るので安心するらしいが、納得のゆかない時は食事の折などにそれとなく私に理由を聞くこともある。父は祖母の気持も私も傷つけないようにと、〝祖母さんが葉子のことをこんなに悪くいっていた〟などとは決していわなかった。

が父は、そそっかしいので時々早合点をするので、私はそういう父が不満だった。それに一度そうと信じてしまうと、何としても別のことをわかろうとしないのである。いくらいってもだめで、てんでこっちのいうことがわからないのだった。

さすがの祖母も、これには閉口して、「朔太郎のとんちんかんにはまったく骨が折れる」といっていた。

ある時、茶の間で怒った声で祖母と父とが何か話していたが、やがて祖母に呼ばれて茶の間にゆくと、不機嫌な顔の父は私を見ていきなり、「葉子！　ごまかしてはいけないよ！」と激しくいうのであった。私は何のことやらいきなりいわれたのでわけがわからずまごまごしていたが、祖母が、小遣いをごまかして二重取りを私がしたと父にいっているのであった。ごまかすということの嫌いな父は、それですっかり怒ってしまったのだった。しかしもとより私には身に覚えのないことだった。〝祖母様が思い違いをしているので、私はちっとも、うそなんかついてない〟と一所懸命いったのだが、早合点の父は、そう思い込んだらもう私のことばなど聞こえないのと同じだ。父はひどく不機嫌の顔のまま、もう別のことを何か考えているようで、取りつくしまがない。泣く泣く私は自分のへやにこもって、祖母を信じた父をくやしく悲しく思って、いっそうカラに閉じこもってしまうのだった。

飲まない時は何となく近寄りがたく父を思う時もあるが、いったん飲み出すと急速度にその感じはなくなって、友達みたいになってしまうのだった。だから父は毎日家で晩酌すればよいと私は思っていた。父は飲みながら「葉すけはよく本を読んでいるなあ、僕よりずっと読んでいるだろう」といったりした。私の読書なんかは、もとより父の足もとにも及ぶはずはないのに、真面目になっていうのである。

当時家にA子という女学校を出たばかりの文学好きの女中がいて、毎夜遅くまで父の本を次々に借りては読み、その感想をノートに書いては父に見てもらっていた。父は「だいたい当っているね」とA子の鑑賞力があることをほめていたが、私はそのたびに嫉妬心もいくらかわいて負けずに読み、そして父にいちいち報告した。すると父は、

「何？ クープリンの『決闘』を読んだのか？ 葉子にあれが分るのか？」とびっくりしたようにいったり「『三人姉妹』は読んだか？ あれはぜひ読んでごらん」などとしきりに勧めたりした。そして「読んだら何かをつかまえなくてはいけないよ」といつもいっていた。

また菊池寛は偉いということをいい、彼を大衆小説作家だと軽く見てはいけない。菊池寛の文学は非常に立派な文学だと教えてくれたりした。またある時、こんなこともいった。「昨日エレベーターの中でぱったり吉屋信子に逢った」と感激したようにいい、今まで写真などで見ていた吉屋信子の感じとはまるで違い、目の輝やきはとてもすばらしかった。これは一つの道に生きる人間の美しさだといった。人のうわさやまして婦人の顔のことなどは決して話題になどしたことがないので、めずらしいことだった。

お酒も次第に数を重ねてくると、父はしだいに朗らかに茶目っぽくなって、おもしろいことや冗談をいったりするようになるのだが、その頃「都新聞」を父は何年も愛読して「千夜一夜欄」がとても好きだった。そして毎晩その「千夜一夜欄」を読むのを楽しみにしていちいち感心したり、おもしろがったりするのだった。

ある晩、父はしきりと「人間は感情（勘定）の動物だなあ」と自分で自分の思いつきにひどく感心したように、酔ったくせで何度も繰り返していいはじめた。そして「僕も投稿してみようかな、これはおもしろい人間の心理だから、きっと採用されるよ」としきりにいっては愉快そうに笑っているのであった。（が、とうとう父は投稿しないようだった。）

茶めっ気がひどくなってきて、誰も相手がなくなると、一人でかってにしゃべっているのだが、ある時、「この間電車の中でくさい屁をされて閉口したよ」と笑い、屁というものは一番たちのよいのは音もなく臭くもないので、次は音は大きいが臭くないので、これは愛きょうがあってよい、一番悪質なのは音がなくて臭うというやつだな、というのだった。祖母も聞きつけて、「ほんとにそうだよ」といって笑うのだった。

買物のことなどもたまに買物好きの祖母に、「買おうか買うまいかと迷う時はきっと必要でない時なのだよ」といったりした。

祖母は「そういわれてみればそうだねえ」というのだが、やっぱりいらないものを随分買ってくるので、戸棚はいつもいっぱいだった。

父には、私などどこにも入ってゆけないきびしい面と、反対にひどく子供っぽい面とがあった。それにひどいあわてもので、ひょこひょこしている時の父の動作はチャップリンや喜劇俳優にどこか似ていた。

父の若いときにも馬込村の畑を、身なりもかまわずソフトをちょっとあみだにかぶって歩いている姿を見て、近所の子供たちから、アメリカの喜劇俳優バスター・キートンに似ているといわれたそうである。そんなときの父は、誰に逢ってもまるで気がつかないで、近所の子供たちに挨拶されると、ひどくあわてて、ひょいとソフトを取っておじぎをし、そのときのおかしいほどのまじめさが似ているのだと思う。

私も道で父と逢っても、たいていはぜんぜん気がつかないですれ違ってしまう。

「お父さま……」と呼ぶと、ぎくっとあわててひょいとソフトを取って、私に挨拶をする身がまえになるのだった。たまに気がついたらしい時には、いつものてれた時の唇を少しとがらした笑顔で、目だけを素早くちら、ちらと二三回こちらに向けて、そのまますれ違うのであった。

父の歩き方は、ふわふわと身体が宙に浮くような早足で、あやつり人形のようなぎごちなさだった。今にもころびそうで危ぶなっかしくて見ていられないようなのである。祖母は夕方になると、

「朔太郎がつまずくと危いから」といって、父の帰り道にころがっている大きな石ころをどけに行くことがよくあった。

私でさえも道の真ん中にある石を見ると、ふと父を思い出してどけておくことがあった。が、晩年に一度酔って電車からホームに落ちて足を大けがしたが、そのほかは不思議に心配するほ

どには、父はころんだりつまずいたりのけがはしなかった。

ある時、やはり子供向きのマンガの映画を観に、まだ小さい私を連れて行った時のことだった。父は肩幅のせまいスコッチのような茶の背広に、こげ茶のソフトをかぶり、チョコレート色の先がとがった幅の狭い靴をはいて、足早にどんどん歩いた。そして私に歩調を合せるなどということはしてくれなかったので、ちょっとぼんやりしていると、父はもうずっとむこうまで行ってしまって、たびたび父の姿を見失ってしまいそうになるのだった。私はいつも父の左側にちょっと遅れて歩き、時々父の背広の裾の方を引っぱって「もっとゆっくり歩かなくちゃいやよ」といった。

しかし父はそんなことばなど聞こえないかのように、どんどん足早に行ってしまう。だが三越の前あたりを向う側へ渡ろうとした時だった。父がいつまでも歩かないで、もじもじして四つ角に立往生しているので、私はじれったくなって、こんどは父を置いて一人で行ってしまったが、気になって途中で振り返ると、それほど電車や自動車が混んでいないのに、一足出たかと思うと足を引込めてしまい、やっと二足歩いたかと思うとあわててまた戻ってしまい、全く滑稽なくらいいつまで経ってもきりがなかった。

「お父さま！　早く！」というと、ちょっと目だけ私の声の方に向けて、いつものきまり悪いときの口をとがらした笑い顔をすると、背広の胸のあたりへ右の指先を入れて、なおもじもじしているのだった。

自動車や自転車は危なっかしい父の前をぐんぐん走るので、私は引返して父の手を引っぱると、むりに向う側まで連れて歩いたが、それでも不安そうに落ち着かない様子で、一所懸命なのであった。

こんなふうだったら、いつも一人の時はどうして轢《ひ》かれもしないで、横切っていたのだろうと不思議だった。それからは一人で出掛けて行く父がとても気懸りでならず、終電車近くなっても帰って来ない時は、もう轢かれてしまったのではないかと、心配で寝られないほどだった。

父は子供を映画や何かに連れてゆくようなことはあまりしなかったが、チャップリンや童話の映画や「天勝」の奇術の来る時はそれを楽しみに待って、私や妹を連れて必ず行った。

女学生のころアリスの映画がきた時だった。私が学校から帰ってくると、茶の間でひっそりと敷島をのんでいた父は「葉子、アリスの映画に行こう」と誘った。だがその日はなぜか私は行きたくなくて嫌だとことわった。すると父はがっかりしたように、黙ってタバコをかむようにしてのんでいたが、妹を連れて夕方映画から帰ってくると、アリスの映画がとてもおもしろかったと、私に話しながら久しぶりに家でゆっくりお酒を飲んだのだった。

その後どこかへ行った帰りに、父は「みやげだよ」とてれたようにいって、堅い紙包を私に手渡した。おみやげなどめったに買ってくる父ではないので、何だろうと思って開けてみると、赤い表紙の外国製の童話の本だった。表紙に兎が大きな懐中時計を見ながら忙しそうに駆けてゆく「アリス」の本で、表紙と中身の区別がなく、絵は続いてパタパタと開いてゆけば、一枚の長い絵本になってしまうのであった。

「良い本だろう?」私の喜ぶのを見て父はにこにこしていった。

父はその後何を思ったのか、私に十センチぐらいの丸い鏡を土産に買ってきたことがあった。うしろに脚がついていて机の上に置けるようになっている。どうしてこんなものを買ってきたのかわからないが、見やすいよい鏡だった。(二つのおみやげのうちアリスの本は空襲で焼け、鏡の方は無事だった。)


妹は、二歳下だが、幼時に高熱がつづいて知能が遅れ、入学を一年遅らせたので、私が女学校三年になる時に、小学校を卒業した。卒業といっても全くお情けで実力は一年生よりもなかった。ポケットに石ころを拾って通る人にぶつけたり、ばかやろうとどなったりするので、ちっとも目が離せなかった。

父は妹のことが心配で始終頭から去らないようだった。世間ていを重大視する祖母は、何かにつけて父に、

「おっかさんがこの年になって、あんな孫の世話までしなくてはならないのは何の因果だろうか、近所の人に聞かれるたびにかくすのに一苦労してしまう」と責めていた。父はこれをいわれるのが何よりつらいらしく、済まなそうに暗い顔になってしまうのだった。家庭教師を幾度か頼んで根気よく教えてもらっても、誰にも申し合せたように、一カ月も経たないうちにさじ

を投げられてしまうのだった。私も教えてみたがあまりだめなので、つい妹を叱り、泣き出す妹と一緒になって私まで泣いてしまう始末だった。成績が悪いばかりでなく、荒っぽく、泣き虫で、私がちょっと身体にさわっても大声で〝痛い！〟とわめきたてた。

父は時ならぬ叫び声に驚いて、書斎から降りてきて妹をなだめるのだが、祖母は理由が何であろうと決まって〝お姉さんのくせに〟と私を叱るので、妹はますます得意になって大声で泣きたてる。だからほとんど一日中妹の泣き声が家に響いていない時はないほどだった。

誰も相手にしてくれない時は、さんざん泣いたあげくに突然大声で〝お母さま！〟とじだんだ踏んで叫ぶ。私の家では母のことを口にすることは祖母がたまにあるきりで誰もなかった。頭の悪い妹の口から、はりさけるように出るこの一言は、ひどい衝撃で、私は思わず立ちすくんでしまうのだった。

私も妹に劣らず母が恋しくて、母に会いたいと思わない時はなかったからだった。

父も祖母も、母のことには一言もふれず、私は時には父をうらんでみたり、母を薄情だと考えてみたり、結局は自分は運が悪い娘だと諦めてみたりするだけだった。

祖母は妹が母を恋しがって泣き叫ぶと、

「今ごろどこかに生きているなら、せめて明子だけ渡したいよ、こういう子は母親がいなくてはだめだからねえ、だけど薄情なおっかさんもあったものだね」といったあと、

「あたしが死んだあとは、一体誰が世話するのだろうか、いずれは葉子の世話になるんだろう

がねえ」というのだった。

父は、妹を式場隆三郎氏に診てもらったり、ジェームス坂の斎藤病院に連れて行って相談したり、少しでも癒るものならといろいろ手を尽してみたが、やっぱり打開の道はなかった。

小学校に籍のあるうちは、それでもよかったが、いよいよ卒業となると祖母は、「世間のてまえ小学校だけで家におくわけにはいかないから、早く何とかしておくれ」と父を責めるのだった。父は「可哀想でこんな子供を外にやることはできない」といい、「外聞なんか気にする必要ないから、家において家事でも教えたらいいだろう」というのだが、祖母は「これ以上親不幸をする気かい」とがんとしていいはり、しまいには泣き出してしまうのだった。

滝野川にある精薄児収容の学校に妹を送って行った日は、一日中けむりのような雨が降っていた。妹の好きなキリスト教であり、設備もよいT学園に、父は知人に紹介を頼み妹を入園させることにした。

立派な礼拝堂のある広いT学園には、畑や家畜の世話など、子供の知能に応じてやらせる場所もあり、かなり恵まれてはいたが、見るからにひどい子供がべったり廊下の隅にうずくまっていたり、手足が不自由で殆んど動けない子供までいた。

先生の話によると良い家庭の子が多く、外聞をさけるために預ける親が多いということであった。

妹と別れての帰り道、私は父と並んで小田急に揺られていた。

今しがた別れたばかりの何もわからないで悲しい顔もしない妹の顔が、目の前に焼きつき可哀想でたまらなかった。家へ帰ってももうけんかをする相手もいないのだ。今ごろ馴れない所で一人ぼっちできっとうろうろしているに違いない……。私は危うく激しくしゃくりあげそうになるのをようやくこらえていた。そして隣りにいる父に何気なくよそおって、そっとドアーの所に行った。そしてガラス窓に顔を近づけ雨の降る郊外を見るようなふりをした。ちょうど電車は空いていたので、誰にも顔を見られないですみ、一度に気がゆるんで涙はあとからあとから流れたのだった。

窓ガラスには霧のような雨が断えまなく吹きつけ、涙に濡れた私の顔を洗っているようであった。

ふと見ると煙った窓ガラスのむこうに父の動かない顔が写っていた。すっかり頬がこけ精気を失い、疲れた顔だった。そして雨の中を歩いて家に着くまで、父も私もとうとう一言ものをいわなかった。

妹がいなくなるとけんかの相手もなくなり、それに父はますます家にいないので、父とは一週間も顔を合わさない日もあり、家はいっそう寂しくなってしまった。が私の唯一の楽しみはマンドリンを弾くことだった。女学校で比留間絹子先生の課外授業があったので、音楽嫌いの叔母にやっとのことで頼んで習わせてもらった。

ある時父が「先生は誰だね？」と聞くので名前をいうと、「じゃ比留間賢八先生の娘さんに違いない。聞いてごらん」といい、そして、「賢八先生はよい先生だったがとてもきびしくて、僕はよくなぐられたよ」と笑っていうのだった。

（父は明治の始めに日本へ初めてマンドリンを伝えた比留間賢八氏について習ったそうである。）

父は学生時代にマンドリンを習ったが、音楽嫌いの祖父母（父の両親）に気がねして、前橋北曲輪町の家の裏庭にある小さい物置を改造したバラックを、書斎兼音楽室としていたそうだが、やがて同志が集まって〝ゴンドラクラブ〟と名づけ、合奏したりするようになったそうである。

まだ前橋では音楽会など珍しかったころなので、父のグループの〝ゴンドラクラブ〟の発表会の時に見にくる人たちはもの珍しく「スイカを割ったようなものがマンドリンというのか」などと大笑いしたそうだ。何しろメンバーが少ないので、汗だくの演奏で、見ている方ではむしろ滑稽がり、音楽はそっちのけで恰好がおかしいと笑いさざめく方が多かったということだ。だがしだいに〝ゴンドラクラブ〟のメンバーも腕が上達するにつれて、高崎、桐生、伊勢崎等へ演奏旅行をするようになり、大正八年に父が結婚するころまで〝ゴンドラクラブ〟は続いたそうだ。

父はマンドリンをあるていど習ってしまうと、ギターの方にいつか関心を向けるようになってメンバーの伴奏はいつも父がギターでするようになったらしく、当時の写真には必ず父が真ん中でギターをもっている。

ギターの方は先生について習おうとしたら、マンドリンをそれだけできるならおことわりするといわれたそうで、しかたなく独学でやったらしい。

父は指が細長くて、器用そうに見えるが実際はとても不器用で、本や小包などを父の荷造りで送ると、たいてい向うへ着くころはぐさぐさになっていて、中身が半分出てしまったり、ひどい時は何にもなくなっていたということもよくあった。だからギターなども困難な技術のいる譜面通りに指を運ぶのはむしろへただが、その代り曲の味をつかむことが得意だった。感情を思いきり出してしまい、曲の中にすっかり入り込んでしまっているようだった。

そしてしだいに感情が高ぶってくると、指先は乱れ、やたらに楽器に指を打ちつけているような弾き方となり、その一方不思議に曲の感じは出てくるのだった。

私にマンドリンを教える時や伴奏してくれる時も「感情がないなあ」といつでもがっかりして、「音楽は正確なテンポと感情が大事だよ」ときまっていうのだった。

父の好きな曲はたいてい憂愁をおびたメロディーで、テンポのゆるやかな曲だった。特にトセルリのセレナーデは、父が自分で買ってきたマンドリン・ギター伴奏の本に、太い字で譜に合わせてうたの文句を書きこんで覚えていた。私はちょうどクラシックの生かじりをはじめた頃で、父にクラシックはどうして聞かないのと聞くと、「若いころは誰でも熱中するように僕も熱中して聞いたもんだ」といったので、私は、

「流行歌なんてくだらないわ」というと、

「くだらないとはいちがいにはいえないよ。よい流行歌には、訴えるものがあるよ」と膝をついてしきりに考えにふけるようにしていった。

電蓄を買っても、松永和風の長唄や春雨などの端唄ばかりだった。唄はへたで、少しちょうしっぱずれのようだったが、とても愉快そうに、にこにこしてうたうのだった。

その頃歌人の森房子さんはよく家にこられた。私は例によって人見知りをして、一度も会ったことはないのだが、美しい声が応接間から流れてくるたびに、私は声のように美しい女人《ひと》を想像していた。

森房子さんとは父は中河与一氏の家で「ごぎやう」という歌会の席上で初めて知り、森さんの歌が一番よいと感激して父が手紙を送ったことから知るようになったそうだ。

応接間からしばらくすると、いつもの父の感情のこもった弾き方でギターの前奏曲が始まり、澄んだあまい森さんの唄声が流れてくるのだった。たいてい『影を慕いて』『酒は涙か』『月の浜辺』『片瀬波』などで、それを次々に唄い、森さんも父もかなり熱心のようだった。そして祖母がいても父は気がねをして止めるということはなかったし、こうしたことは父にしてもとても珍しいことだった。

この頃（昭和九年四月）から父は明治大学文芸科の講師として週一度、お茶の水の明大まででかけるようになった。

講師などというのは父も初めてのことなのでかなり緊張しているらしく、講義の原稿やノートを持って、いつも早めに階下に降りてくるのだった。そして洗面所へ入ると安全カミソリを皮のベルトにはさみ、ぺたんぺたんと調子よく何回か往復させて磨いだ。刃は片刃のバレーにきまっていた。両頬を石鹸の泡だらけに刷毛でこすると、てれたように鏡を見ながらちょっと頬をふくらませて剃る。あまり髭は濃くなかった。剃り終ると和服に袴をつけて出かけるのだが、祖母に〝忘れものはないかね〟とか〝早口にしゃべるとだめだよ〟などといわれながら出てゆくのであった。明大には十七年の三月まで講師を務めていたのだが、あわてものの父なので休日や休暇に行って生徒が一人もいなかったということなどはたびたびであった。会合の時などもやはり同じで、早くから用意して行ったのに日や時間を間違えて行き、もう皆が帰った後などというのはたびたびだった。

明大に行くようになって間もなくの日のことだった。いつものように祖母に、「二次会だか三次会だか知らないけど、はしごで飲み歩き、せっかく新調の着物もどうせお酒やタバコでだいなしだろうね」とまだよごしもしないうちから叱言をいわれながら、父は草木染の着物に着替えていた。きちんとよい着物に着替えた時の父は、飲んだ時とは見違えるほど長身で、立派に見えるのだった。でかけるまでにまだ時間にゆとりがあるのか、タバコを右手にもって、庭の梅の木の下をしきりに何か考えているように散歩していると思うと、急に何か思いついたように、せかせかと足早に家に上ってくると、すぐに玄関にゆき着物とは似つかない汚れたソフトを頭に無造作にのせてでかけようとした。が、祖母が素早く見つけて、

「今日はたしかに日を間違えないだろうね？　天気予報じゃ今夜は雨だそうだから傘をもっておゆき」と父に新しい洋傘を持たせようとするのであった。傘は嫌いで必ずといっていいほど帰りまでに失くしてしまい、そのたびに祖母に叱言をいわれるので、「やめてくれ」というが、祖母はむりやりに父に押しつけて持たしてしまうのだった。

「買ったばかりのだから電車や飲み屋に置いて来ては困るよ、それから幾度もいうけど着物は気をつけて汚ごさないようにおしよ」など、もう行ってしまった父の後姿にいい続けた。

夜更けになると、祖母のいったように雨が降り出して来たが、父が終電車過ぎてもまだ帰らないのが心配だった。

翌朝になって、昼ごろ元気なく起きてきた父は手洗から出ると、そのまま居間に苦しそうな顔で腹這いになってしまった。こういう時は痔で苦しいのだった。昨日とはうって変って疲れた顔の父だった。祖母が心配して聞くと「昨夜はひどいめに逢った」そして、「新宿の交番の前を通った時に、またあやしまれて不審尋問された」といい、吹きさらしの所に永い時間立たされて、根ほり葉ほり聞かれて弱ったというのである。

「職業は何だと聞くから、著述業だといったが、いくら説明してもわからない。それに〝朔〟という字がわからなくて困った」と苦笑しているのである。それを聞くと祖母は怒って「またかい？　昨夜は着物も新しいのに……、あやしいもんでもあるまいし、顔を見ればわかりそうなもんに」とぷりぷりしていった。

父は何か思い出したように笑うと、

「詩人といっても分らないので、最後に思いついて明大講師をしているといったら、急に〝大学の先生ですか！　それは失礼しました〟とあやまって、すぐ放免してくれた」といって、おかしそうに笑った。祖母はそれを聞くと、

「そんなに明大の講師をしているのが利きめがあるんなら、さっそく明大講師と書いた名刺を作らせるといいよ」と父にすすめるのだった。

「交番というところは、どうしてあんなにものわかりが悪い所かな、詩人にはまるで信用がない。」

父は痔が痛そうにしていうと、祖母はふと思い出したように「そりゃそうと傘はどうしたい？」と聞く。のみかけのタバコをぎゅっと灰皿にこすりつけると、父はみじめな様子で、「忘れてきた」とすまなそうにいう。

「また忘れたって？　あんなに念を押したのに！　全く嫌になるねえ、どこだか思い当らないのかい？　おまけにあれは絹張りの上等のなんだよ！」祖母はくやしそうに頬を上気させてい

い続け、

「だからあれほどあたしがいわないことじゃないよ、会場に置いてきたのかい？」

「会は一昨日《おととい》だったんだ。」父はてれくさそうにいう。

「何だって？　また日を間違えたのかい⁉　ばかばかしいにもほどがあるよ。」

祖母はあきれてものもいえないと、何度もいい、

「じゃどこに置いてきたのか憶えがないというのかね？」とますます機嫌悪くなってゆくのであった。

途中で降りだしたので飲みに入り、出る時気がついたがもう傘がなかったというのだった。

そしてずぶぬれになって駅前まで来た時に交番にひっぱられたというのである。それを聞くと祖母は急に思い出したように顔色を変え「着物はまさか！」とせき込むようにいって、こんどは二階へあわてて馳けあがってゆくのだった。やがて泣声を混じえたくやしそうな声をして、祖母はくちゃくちゃになった着物を指先につまむようにしてものもいえずに降りてくるのだった。

しかしそれからは明大講師と書いた名刺を作らせて持つようにしたため、その後も交番での不審尋問にはあっても、おかげですぐに釈放されると、父は大へん喜んでいた。

祖母は「朔太郎はよごすからよい着物は着せられない」といつもいったが、寝巻のままでもふいと飲みに行ってしまうのに、新しく着物を作るという時には、かなり気むずかしくてやたらのものでは気に入らないのだった。

祖母が百貨店で、安いからと買ってきて父に着せようとするのだが、ペラペラした薄地の絹ものや、キラキラ光っているものは、ちょっと見ただけで、「不愉快だ」といって、絶対に袖を通さないのだった。そして渋くて祖母のいう〝上等のもの〟でなくては絶対に着ない。その代りひとたび気に入ってしまうと、もうそればかり着てしまうのでこんどは脱いでもらうのにまた祖母は苦心するのだった。ある時、草木染という渋い色あいで、落ち着いた光沢のある反物を知人に紹介してもらってからは、父はすっかり気に入り、それからは着物は草木染ということに決めてしまったらしい。そして新しい草木染の反物ができてくると、祖母は仕事中の父を「朔太郎！　ちょっときてごらん！」と階段の下で呼ぶのだった。父がおどろいた顔をして二階からあわてて降りてくると祖母は反物の前に坐って「とてもいい色合じゃないかね」と、たとうの中に折目正しく畳まれている着物を指していう。すると父は立ったまま「うん、なかなかいいな」といって、またすぐに二階へ行ってしまうので、祖母は張り合いがないというように、「もっとよく広げてごらん」としきりにいうのだが、広げて見たり、まして鏡にうつすなどということの何よりきらいな父は、さっさと二階へ行ってしまうのであった。

晩年近くには外出はほとんど和服ばかりだった。お能にゆく時などは、草木染の着物に単衣羽織を着て、（紐はとても長いのを房のところを下にすっぽりぬいてたて結びにしていた）行灯袴をつけ、黒い新しい足袋をはいて、改まったようにしてでかけて行くのだった。こうしてきちんとした時の父は酔った時などとは見違えるほど威厳のようなものがでるので「朔太郎もああしてみると、なかなか立派だね」と祖母がいうほどだった。

父の洋服は、もう十年ぐらいも新しいものを作らなかった。それも全部で二着きりない。洋服でなければ都合の悪い旅行の時などは、祖母は「新しいのを作ればよいのに」と困っていたが、父は不精でめんどうらしく、とうとう作らなかった。

マンドリンをやっていた頃の父は、とてもおしゃれで、服装にはかなり凝って、当時はとても珍しいトルコ帽に、フランス風のエンジの幅広の蝶ネクタイを結んだそうだ。それもわざわざ自分で呉服屋に行って、気に入る羽二重をさがして来ると、こんどは結び方をいろいろ工夫するというほどだったというが、そんな父はとても想像もできない。

昭和十年の春ごろ当時の「都新聞」から「娘から見た父」というテーマで私に何かしゃべってほしいといって来た。例によって恥ずかしがりやの私は、そんなことはとても嫌やだったので、父に断ってほしいといったのだが、あまり再三いってくるので父も「やってごらん」というのだった。さすがの私も思いきって記者に会うことにした。

その日応接間に訪れた二、三人の都新聞社の人と、父は先にしばらく話したあと私を呼びに来た。私は激しい胸の鼓動をどうしようもなく、学校の制服で応接間におそるおそる入った。そして下をむいたきり固くなっていると「葉子、楽に話せばいいのだよ」と父はいってから、「僕はいない方がよいだろう」といって椅子から立ち上った。私は父に傍にいてもらいたかったが、父が傍にいればバツが悪くなおさら嫌なので、思いきって父の出て行くのを見送ったのだった。一人残されると急に恐ろしくなってしまい、いよいよ固くなって下ばかり向いていると、突然私の顔の前にぱっとフラッシュが燃えたのだった。驚いて顔を挙げると、隅の方には二人のカメラマンが、こっちにむけてフラッシュを用意しているのだった。そのうえに私の目のまえの椅子には大きな男の人が坐っていて、何かを手帳にしきりに書いているようだった。二度目のフラッシュが燃えた時だった、私の前にいる人は、

「新しいお母さんが来た方が良いですか?」とたずねた。あまり突然だったので、私は急には答えられなかった。しかし何かいわなくてはならない。

「あの……私はいやですけど父のためならかまいません。」のどがからからに乾いてくっついてきた。

「じゃ、もしお父さんが再婚しても、いいというのですね。」

「はい。」

「お母さんに会いたいですか。」

「はい。」私はそういってしまって思わず真赤になってしまった。人前で母のことをいったのは初めてだったからである。

「父親としてのお父さんをどう思いますか?」こちらの気持を無視したように、矢つぎ早やに

質問してくるのだった。私はどぎまぎして、

「あの……もっと家にいて子供のことをかまってほしいと思います。」

「お父さんの書いたものを読みますか？」

「いいえ。」

「お父さんは好きですか？」

「はい。」

そのあいだもフラッシュは幾度も燃えた。

私は何を聞かれても殆んど「いいえ」と「はい」しか答えられず、記者もしまいにはあきれたらしかった。

数日後の新聞にはこちこちに緊張した私の顔が右斜めからかなり大きく撮られて、記者との一問一答が出ていた。それを見た瞬間恥ずかしさがこみあげてきてどうしようもなく、父や祖母に見られないうちにと思い、びりびりと破いてしまった。しかしそれを知った祖母はひどく怒り、早速女中に新聞を買いに走らせ、今度は私に見せないですぐに切り取ってスクラップブックに貼り、戸棚にしまってしまった。だがやはりもう一度見たいと思った私は、誰もいないときに戸棚の奥からさがして、こっそり出して見た。

「まるで不審尋問しているようだった」と、記者ははじめに書き、「いいえ」と「はい」と一問一答になっているのだった。

ある日父がふいに「なかなかよく葉子の気持をつかんでいるね」と新聞のことをいったので、「私のいったとおりのことなんかちっとも書いてないからいやだわ」と赤くなっていうと、父は少しまじめな顔で、

「そんなことない。気持はちゃんとつかんでいるよ」といった。私はいよいよ気まり悪くなって、夢中で「違う、違う」と否定したのだった。

翌年も「都新聞」から、こんどは父にインタビューに来た。そして父の出てる記事を最初に見つけた祖母は「いやだねえ!」と大声で新聞を持って茶の間に入って来たのだった。祖母の開いたところを見ると、カラスの嘴《くちばし》のようにとんがった上唇に、ぐっとひっこんだ下唇が重なり、バセドー氏病のような大きなとびだした目をした父の顔のマンガが出ているのだった。あまりよく父の感じが出ているので思わず笑いこけてしまうほどだった。そしてその父のまわりを三人の女たちが取り囲んでいるのだった。カルメンのような紅い唇に、胸のとび出た肉体美の女と、割烹着に箒を持った家政婦のような人、そして細っそりとした上品な婦人が坐っているのだった。

見出しには、

「もしできれば僕は三人のめかけを持ちたい」と書いてあった。慈雨のように、母親のようにやさしい女、家庭を安心してまかしておける女、そして官能を満足させてくれる女と説明してあった。祖母は読んで行くうちにだんだん心配そうな顔になってゆき、二階にいた父を呼んで

くると、

「こんなことをほんとうに朔太郎は考えているのかい？　これでは近所からも何ていわれるか知れやしない！」というのだった。

父は困ったように苦笑しているだけだった。が、その後二三日して祖母は外出から帰ると、こんどはほんとうに怒って父に「やっぱりあたしの思ったとおり、近所の人達はみなあきれかえっていたよ。あんなにおとなしそうに見える萩原さんの御主人が、よくもあんな大胆なことを考えていなさるもんだって。それに息子の教育上にも悪い影響を与えるので困ります」といわれたというのであった。

父はそれを聞くと困ったように笑って、

「実際にはそういう女はいないから、あれは僕の理想をいっただけだよ」とわかりやすくいうのだった。しかし祖母はふに落ちないような顔で、「こんどからはそんなへんな理想なんか考えないでおくれ」と父に何度もいうばかりだった。

祖母はとても丈夫なので、病気で寝たことなどまだ生れてから一度もなく、そのためか病人が嫌いで、同情がなかった。家で病気になるのはいつも私ときまっているので、そのたびに祖母は不機嫌になり、

「あたしなんぞこの年になるまで、医者にかかったことなんぞないのに、若いうちからそれじゃ

あね」といまいましそうに遠くから眺めていうのだった。

ある日のこと私はかなり熱があるのに、祖母はいつものように外出着に着替え、百貨店にでかけるしたくをしていた。父も散歩に出たきり、まだ帰って来ない。祖母が行ってしまえば家は女中と二人きりになるのだった。今日だけはどうしても行かないでほしいと頼んでみたが、そんなことで気の変る祖母ではなかった。私のことばなどまるで聞えないかのように、女中に後のことをいいつけて、リスの衿巻をかけて逃げるように家を出てしまうのだった。

祖母がいなくなると、家の中は急にがらんとして、寂しくなってしまい、しばらくすると熱も出て私はとても気分がわるくなってきた。

豪徳寺の鐘が夕闇の空気に伝わって、六時を打つのがかすかに聞えてくるころに、祖母はやっと帰ってきた。玄関で女中が私の具合のよくないことを告げているらしかった。

「まだ癒らないのかい? 嫌になるねえ」と祖母は機嫌悪くいうと、買物の包みを居間に重そうに置く音がした。私は早く祖母の顔が見たかったので、待ちきれないで呼ぶと、コートを着たままの祖母は、

「お父さんはまだ帰らないのかね?……あたしにばかり病人のお守をさせておかないで、たまには早く帰ってもよさそうなものにねえ」とますます機嫌悪くいって、

「病人が一人いると家の中が暗くなってほんとに嫌やさ、熱は何度だね?」といらいらした顔〔で〕いる。

「お医者に、一度すっかり診てもらいって、あれほどいうのに、自分が悪いのさ。」

私は医者にかかるのが嫌いなので、もう癒るから大丈夫とうそをいっては熱をごまかして、かからないようにしていた。

首すじの不快なかゆさに目が覚めたのは夜中だった。寝汗でべっとりした衿のあたりを掻いていると、こんどは身体のあっち、こっちがかゆくなってきて、しまいにはどうしようもないほどだった。電気を点けて身体をしらべると、私はあまりのことにびっくりしてしまった。あっちこっちにみにくく赤く腫れあがった皮膚は、二目と見られないものだった。急にがたがたとふるえがきて、唇が合わさらなくなった。祖母はいつものように大きないびきをかいて居間で寝ている。私は歯が合わさらないので声を出すこともできなかった。私は這うようにしてベッドから起きると、ふるえる足で廊下を歩いて祖母の寝ている枕元の障子を開けた。そのあいだにも腫れたところは気が狂うほどかゆかった。

目ざとい祖母はすぐに起きて枕元のスタンドを急いで点け、

「やっと寝たところなのに、うるさいね」と怒ったが、私のようすを見るとびっくりして、

「だからお医者に診てもらいとあんなにいったのに、自業自得だよ、こんな夜中じゃお医者も頼めないし、そのうち朔太郎が帰ってきて何とかするだろうよ。」

祖母はせっかく寝ついたところを起こされてしまったので、不機嫌になっている。仕方なく私はまた蒲団に入って、がたがたふるえながら、あてにならない父の帰りを待っていた。しば

らくすると玄関があいて父の帰ったらしい音がした。が、父はかなり飲んでいるらしく乱れた足音でも分った。ふらふらと中廊下を歩いて祖母の寝ているへやの前までくると、

「朔太郎！　ちょっと待っておくれ、葉子がまた病気だよ。」祖母は大声で父を叱るようにいった。しかし酔った父からは何の返事もなかった。

「朔太郎のいないあいだ、あたしがずっと看病で大変だったのだよ。かなり悪いようだけど、どうする？」

祖母のことばの終るまでちょっとのあいだ父は廊下に立ち止まったようだった。私は父が早く来てくれるのを待っていた。私の寝ているへやは父が二階に行く階段から近いところにあった。しかし父は二三回咳などしたかと思うと、そのまま早足で風のように二階に昇って行ってしまったのだった。

あるときも、私は赤痢になって九死に一生を得たのだった。

あい変らず祖母は芝居を観に出かけてしまい、父も留守で家には朝から誰もいなくて、来たばかりの子供のような女中と二人きりだった。朝から腹痛がしたのだが大したことはないと思っていた。が、次第に腹痛は激しくなって、しまいには目が見えなくなるほどに、苦しく熱が出てきて、もうがまんすることができなかった。電話もかけられない田舎から来たばかりの小さい女中に、やっとのことで掛けさせて医者が来た時は一刻も入院を急がなければ、もう危

ぶないといわれたのだった。しかし家の者と相談しなくては、医者は私を入院さすこともできず、腹痛と高熱であえぎながら、誰かが帰って来てくれるのを祈るようにして待っていた。私は自分でもよくたえたと思うくらいあぶら汗を流してがまんし続けたのだった。かなりの時間病気と戦っていると、もうすっかり暗くなってから、やっと祖母が帰って来た。私はやがて人力車に乗せられて、祖母が怒って何か言っている声を、遠くの方にぼんやり感じながら、病院のベッドに運ばれた時は、息を引きとる前の犬のように浅い呼吸で目も見えず、死ぬのかも知れないと頭のどこかで考えていた。

それから看護婦の徹夜の洗腸が始まり、三日目ぐらいにはどうやら意識もはっきりして熱もだいぶ下がっていた。

しかし家からはまだいちども見舞に来てくれなかった。前に家にいたことのある家政婦を附添いによこして「消毒や後始末で忙がしくて当分は行かれない」という祖母の伝言だったが、当分といってもこんな重病だし、家から三分とかからない所なので、三日も経てばきっと様子を見に来てくれるだろうと私はあてにしていたのだった。

回復は案外に早く、私は元気になればなるほど退屈で寂しかった。しかしその後、毎日首を長くして一週間待っても二週間待っても、家からは父も祖母もそして女中さえ来ない。

私はこんなに家の者から見捨てられるくらいなら、いっそ手遅れで死んだ方が幸せだったと、いまさら自分をみじめに思うのだった。家政婦も「家の人はお嬢さまのこと心配じゃないのでしょうかね」という。そういわれるたびに私はなおさら悲しくなってしまうのだった。一方私の病状は順調によくなって、この調子が続けばあと一週間で退院してもよいと医者にいわれた時だった。ふいに後のドアーが開いて、入口に祖母が立っているのだった。思わずうれしくなって〝お祖母さま〟といったとたん、祖母の顔一杯におおった真新しいマスクに私は気がついたのだった。いつもはとてもマスク嫌いな祖母だけに異様な光景だった。入口に立ったままの祖母に「もっとこっちに来て……」というと、マスクの上からぎゅっと力を入れて口を押さえ、「ここで帰るよ」と落ち着かないのであった。

私はやっと祖母が感染をおそれていることに気がつくと、

「もう菌もないといわれたから大丈夫よ」といったが、祖母はマスクを押さえた手を離さずに、「じゃ帰るよ、すっかり癒るまでここにいた方がよいよ」とだけいって、すぐにドアーの外に消えてしまった。

結核でもないのに、マスクとはいかにも祖母らしかったが、久し振りに会ったのにもう少し何か言ってほしかった。それに入口に立ったままとは随分だと思うと、来てくれる前より更にみじめな気持になってしまうのだった。

私は悲しい気持をまぎらすために家政婦に本を読んでもらっていると、昨日祖母が立っていたうしろのドアーがまたそっと開いたのだった。私は見るともなく見ると、いつもの鉄色の普段着を着た父が病室に入って来たのだった。そしてベッドの近くにきて不安そうに、眉をよせ

て私を見ると、

「容態はどうかね」といった。

「もう癒ったの」というと、傍にいた家政婦も読みかけの本を置いて、

「もうすっかりいいんです」といった。それを聞くと父は急に真剣な顔を家政婦にむけて、

「今がいちばんたいせつな時だから、だいじにしてやって下さい」とたのんだ。そしてこんどは私に向って「大事にしなくてはいけないよ」とひどく真顔でいった。そして、笑い顔になると、

「葉子はすぐ空元気《から》を出すからなあ」というのだった。

それから家政婦にていねいに挨拶して、父は帰って行った。が、あんなに心配してくれた父の顔を見たことはなかったので、祖母にきっときびしく足止めされていたに違いないと、私はやっとわかり、父だけはやっぱり私のことをだいじに思っているのだ、とようやく元気を取りもどし、その後間もなく退院することができた。

父は再婚した年の夏、M子さんと二人で、折り合いの悪い祖母と離れるため軽井沢に一夏を過した。

室生さんがさがしてくれた小さい鹿島の森の傍の貸別荘で一夏を過したのだが、後から私も行ってしばらく父達と一緒に過したのだった。

夕方になると中庭の見える茶の間で、父とM子さんがゆっくり晩酌をするのだが、気候の変

化の激しい軽井沢は、その時分になると、みるみる霧が庭にたちこめて、たちまち一寸先も見えなくなってしまうのだった。私はビールは嫌いだし、父のお酌をすることもなく、離れてみればなつかしくもある祖母のことなどを考えていると、いつも、父は私に、

「ビールを飲みなさい」というのだった。ビールなんかきらいだというと、

「これからの女は結婚しても、亭主の相手ができないようじゃだめだからな」といった。私はとうとう思い切って飲んでみることにしたのだった。そしてなれてくると、ビールを飲んだあとの勢で、習いたての自転車で近くの山道に遊びに行くようになったが、そんな私を見ると父は真剣な顔で、

「飲んで乗ると危険だよ」と止めるのだが、私は聞かずに乗って、足には生傷がたえなかった。

食事の仕度もみんなM子さんがやり、私は手伝うことも気づかずに、のんびり遊んでいたのであった。食事の時のM子さんの話題はたいてい祖母のことだった。私はM子さんの味方だったので、ほんとうにM子さんのいう通りだと思っていたが、あまり毎日同じ話ばかりなので、これでは父が随分やりきれないだろうと、思うのだった。

父は、M子さんが何をいっても初めのうちは「全くそうだな」とか、「おっかさんには困ったものだ」などと真剣な顔でいっていたが、しまいにはもう聞いているのだかいないのだか、ただ、ふん、ふんといってばかりいた。

それでも祖母から離れたという安心感があってか、父もM子さんもいつもよりはずっと明か

ろかった。

ある日私は父と二人で近くの堀辰雄さんの家に行ったのだった。堀さんの家は愛宕《あたご》山の水源地の傍で、落葉松の林に囲まれていた。

かなり急な山道のような、狭い坂道を登ってゆくと、右手に洋風の家が見え、父はあれが堀君の家だといった。

見ると、庭さきに黒いベレーをかぶった堀さんが立っていて、こちらを見て笑っていた。父は〝たっちゃん、たっちゃん〟と堀さんのことをいつも呼んでいたが、私が会うのは初めてだった。堀さんは結婚したばかりの多恵子夫人と二人で、新築したばかりの家を案内した。

家の設計のことになるとかなり熱心な父は〝ほほう〟などといって、とても感心して一部屋ずつ見せてもらっているのだった。

ネズミ色のVネックのセーターを着た堀さんは、若くて女のようなやわらかい感じで、ごつごつした父とは対照的だった。

私は家のことなど関心がなく、父が葉子も見せてもらいなさいといっても、玄関のあたりにぼんやり立っていると、そこへちょうど室生朝子さんと朝巳さんが来たので、三人でカラ松の林や家の傍の坂道のあたりで何年ぶりかで遊んだのだった。

M子さんと結婚したばかりの時、父に、

「葉子さんはほんとうに洋服持っていないんですね、お母さんがいないから仕方ないとしても、先生が少し見てあげたらよいのに」といったので、父は初めて私に気がついたようだった。そして、さっそく三人で銀座の洋服屋へゆき、そこの店で人形の着ていた白と黒の碁盤格子の、サマーウールのワンピースを見つけると、「これがいいだろう」といったが、私があまり気に入った顔をしないので、父は、「こんな男の子のような柄が似合うんだよ」と自信ありげにいうので、私も承知したのだった。あとで祖母は、

「こんなぜいたくなものを買ってやって……」と父に叱言をいったが、私が父に洋服を買ってもらったのは、これがたった一度きりであったし、友人たちからよく似合うとほめられる洋服を着たのもこれが初めてだった。それに父と一緒に避暑に行ったのも、軽井沢がたった一度きりだった。それまでは毎年祖母と父は、上州四万温泉の積善館に行くので、その間私はしばらく海岸近くの親類の家に預けられるのだった。けれど私はすぐに家に帰りたくなって、四万に行っている父にわざわざ迎えに来てもらった。そして父はまた四万に行ってしまい、私に愛情のこもった短いハガキを何度かくれるのではあったが、九月になるまで女中と留守番しなければならない夏は嫌だった。(祖母が、葉子は乗りものに弱いから四万には絶対に連れて行けないというからだった。)

昭和十五、六年ころから、父は痔がかなりひどくなり、そのためか夜など同じ電車に乗り合わせたりするとき、座席の向うに意外に老いた父を見て、ことばもかけられないほど寂しく思

うことがあった。

祖母も気になっているらしく、「朔太郎はこのごろだいぶ弱ってきたようだ」と心配して「髪け染めているんじゃないだろうね」と気にしていたが、ある時とうとう父にそのことを聞いたのだった。すると父はおどろいたように苦笑すると、何やら口の中で早口にいうや、逃げるように二階に行ってしまうのだった。しかし祖母はなおも、

「床やはどこへ行っているのだい」と追究するので父は銀座の、昔から行きつけの店にゆくのだと、だけいったが、何故かはっきりしたことを、いうのを嫌やがっているふうだった。

その後、風邪や何かで身体の具合がかなり悪いのに、父は床屋に行くといって出かけようとするので、祖母が、

「今日は近所の床やで間に合わせておおきよ」と何度も止めるのだが、

「初めてのところは嫌やだ」といって、とうとういつもの床やへ行ってしまうのだった。その後偶然のことに、祖母は父が行きつけの床やでちょっとだが、だいぶ前から髪を染めているということを聞きこんだのだった。が、さすがの祖母も「朔太郎があんなに嫌やがってかくしているのだから、知らん顔していてやろう」といって、床やの秘密をきいたことは父にはいわなかった。

そのころ私が二階にいる父にお茶をもって行くと、みたこともない黒っぽい太い縁の眼鏡を父はかけていて、私を見るととてもあわてて、ぱっとはずしてどこかへかくしてしまうのだっ

た。私はびっくりして、

「いつから眼が悪くなったの？」と聞くと、父はとても、まが悪そうに落ち着かず、「乱視だよ」と、目をそらしていうのだった。

もちろん祖母には内緒にしているらしいので、私は誰にもいわなかったが、とても無精な父が眼鏡を作らせるのを見ても、よほど悪いのか、それとも、もしかすると老眼ではなかったかと思うのである。

いよいよ太平洋戦争をはじめたというニュースを聞いた時、茶の間で朝日を喫みながら新聞を見ていた父は「とうとう戦争が始まったのか」と暗い顔でいった。そのころから健康はすぐれずそのうえ一日も放せなかったお酒もしだいに飲めなくなった。晩酌のあと、よく「幻燈を見たいな」と誰にともなくいうことがあった。そして翌年早々に気分を引きたてるようにして、毎年行っていた伊香保温泉にしばらく行っていたのだが、伊香保で風邪をひいて帰ってからは、急に病人のようになって寝込み、日に日に病状は悪くなっていった。父の友人たちが心配して地方から送ってくれるお酒だけが、父の命のつなぎのようだった。けれどそのお酒も途切れがちだった。

医者嫌いなことからいつものようにいろいろの売薬をのんで、その場押えの治療をしていたが、ただごとではないと思った祖母は、うるさく父に医者にかかるようにとすすめた。かなりしてから近所の内科小児科のY医師にやっとのことで診てもらい、結果は唯の風邪だという診断だった。戦争はいよいよ本格的になって、少食の父の栄養になる食料さえも、まったく手に入らなかった。始めてB29の一機が東京に来た時は、父は病床でかなりの怯えようだった。父はこのころから激しい咳が出て衰弱がひどく、祖母はやはり結核になったのではないかと、一面恐れていたことを父の前で口にするようになった。父にすすめて再三Y医に診療を頼んだ結果、やはりただの風邪をこじらせたのだという診断だった。

五月に入ると、急に七月のような異常な暑さがやってきて、呼吸《いき》苦しくむし暑い日が続いた。暑さに弱い父は急激に弱り、二階から階下の座敷に寝室を移した時には、一人でお手洗に立つのがやっとのほど、両の足はまるで枯木のようになっていた。

亡くなる前の晩のことだった。血の気がなくすでに死んでいる父が二階の書斎に、横たわっているのである。私は危うくその場に倒れるほど不吉なものに驚き、たしかに生きている筈の父を捜して階下に逃げてきた。するとこんどは居間にも同じ姿となった父が横たわっているのである。私は不吉な父の姿を必死に追い払うようにして、急いで自分の部屋に入るとまた同じ姿の父が横たわっているのであった。私は夢の中で、これはたしかに〝夢なのだ〟と思って、必死に目覚めようとあせった。むし暑い夜半に首筋にべっとりと汗が泌み、二時を打つ時計の音をどこかにぼんやり聞き、また眠りに陥ちていった。するとこんどはまた二階に、さっきとまったく同じ姿の父が二つも横たわっているのである。私は重い足を引きずって急いで階下にくると、ここにも二つ死んだ父が横たわっているではないか。必死に目をこすって目覚めようともがき、ふと目が覚めて見ると暗い部屋の壁にも同じ姿の父がうつっているのである。そしてまた夢の続きに陥ち入り、父の姿はこんどは家中の部屋の至るところに現われ、どこもここも父の最後の姿でいっぱいになってしまい、同じ夢は明け方になるまで続いた。

その朝から急に高熱が出て、Y医は急性肺炎だと診断した。食欲はまったくなくなり目をつぶって、平らな板のような胸を苦しそうに波立たせていた。熱でしっとりとなった寝巻やシーツを替える体力さえも全くなかった。

その夕方、容態がおかしいとY医に電話すると、看護婦が酸素吸入器を持ってきて、コンロにお湯を沸かしておくようにといって帰った。注射も薬も手に入らずなかったのである。苦しそうな息づかいで眠り続けて、うわごとのように何かをいい、それは枕元の庭に夕顔を植えてくれといったりした。

父が茶の間で晩酌の時に見る藤は、異常な暑さにもう満開に咲いていたが、座敷に寝ている父は見ることもできなかった。

目を覚ますと声にもならない声で父は苦しそうに顔をしかめて、便意を告げた。シーツには布を置いてあり、そこへするようにと祖母や看護婦はいうのだが、お手洗に行かせてくれと口の動きで伝える。しかたなく二人がかりで両側から枯木よりも細い父の身体を抱きかかえ、やっとのことで連れて行っても、神経質な父は用を足さないで帰り、またすぐ便意を告げるのである。

ここへしなくてはだめですと何度も叱るようにいうと、父は首を振り宙をまさぐるような手つきをして、最後の願いだという気持を現わす。そして続けて三度目の時は、両側からささえられた足は宙に浮き、まったく力を失い、遂に用を足さずにがっくりと蒲団に寝かされ、呼吸は早く乱れあえいでいた。

Y医から借りた酸素吸入器を、私は父の枕元に坐って、あえいでいる父の顔にそっと近づけた。苦しそうな息づかいはひしひしと私に伝わってきて、こちらも息苦しくなってくる。ちょっとかけると父は顔を左右に振って吸入が嫌やだということを示す。しかし外すと父の吐く熱っぽい呼吸が枕元いっぱいに広がり、どうしようもなく私は父の顔にかぶさるように深くかがんで、何かに祈っていた。刻一刻荒くみだれた呼吸は激しくなってまた酸素吸入をかける。そして外す。だが熱い呼吸が感じられるうちはよかったのだ。

台所ではあわててビンを捜してお湯を沸しはじめた。あるたけのビール瓶にお湯を注いで、次第に冷えて感覚を失い、骨だけになった手や足や身体のまわりにあてた。しかし父の身体はだんだん冷めたくなってゆき、これが父の足かと思うほど、甲のまわりに気味悪いむくみが出てきたのだった。

Y医は、明日一日くらいは大丈夫でしょうといって帰り、祖母は親類に危篤の電報を打った。その夜は祖母と私と妹の三人が附添っていたが、十二時を過ぎたころまではいくらか呼吸も楽に落着いたように思われたが、急に荒いいきづかいになってきて大きく胸を不規則に波立たせ、顔は透きとおるように白く、手足のむくみは激しくなっていた。Y医に急いで電話をかけようとした時だった。ふいに瞳孔の定まらないおそろしいほど大きな目を一瞬見開いてあたりを見たと思うと、次の瞬間には深く目を閉じ、同時に大きく深い呼吸を一つつき、ふいにそれきり呼吸が止まったのである。

その時私と妹は同時に「お父さま!」と大きな声を挙げて呼んだ。しかし父はもう何も答えてはくれなかった。

昭和十七年五月十一日、かぞえ年で五十七歳だった。

〔1959年『父・萩原朔太郎』初刊〕

「新版」あとがき

この本が出てから数えると、十七年の歳月が経った。思えば長い月日が過ぎ去ったものである。今度、あらためて読み返してみると、昔のことを思い出し、今更に年月の深さを感じたり、自分の変化を思った。

一番感じるのは、文章のことであった。新版に当り加筆、削除を試み鉛筆でチェックしてゆくと、たちまちページが真黒になるのだった。気に入らないことや拙ない表現が気がかりで、細かく手を入れてゆくと、際限ない。凝り性の私はしまいには、文章全体を直してしまいかねないのだった。

思えばこの本が出た当時「うぶな魅力」と言われたことを思い出す。その当時、あまりうれしくなかった批評であったが、今日ではもう誰も言ってくれない。長い間文章を書いているうちに、いつか消えてしまった当初の文体なのか。

私は、鉛筆を止めて本を投げ出した。文章とは何か？　を考えてみると、分らなくなって来たのである。うぶが良いのか、馴れた文体が良いのか。だが、例えうぶが良いからと言っても、長年持続することはできない。経験や年齢で次第に文章も変って来るのは、仕方ないことだった。

初めて書いた『父・萩原朔太郎』を機に、私は自然のうちに文章を書いて暮すようになったのであった。当時激励してくださった室生犀星、三好達治の両先生もいまは亡い。私に書くことをすすめてくれた同人雑誌「青い花」も廃刊となり同人達も散った。当時は思いもよらなかったが、これを機に小説や随筆を書くようになって、それが仕事になっている。それを思うと人間のきっかけは、分らないと思う。ほんの偶然のことから、一生の方針が決るのは不思議だ。

不器用で何の才もない私は、書くより他に出来ることがなく、もし書くことがなければ今頃どうなっていたことか。それを思うと『父・萩原朔太郎』を書いたことは、私の運命を決定づけた重い意味があった。もしこれを書かなかったならば、生き甲斐のない人生を鬱々と暮し、絶望の余り自殺もしかねない。

一作書く毎に暗中模索の海底に投げ出され、摑む藁も見つからない状態で苦しむが、その苦しみは生き甲斐につながるものでもある。

これを書いた後、密かな思いが私の胸中に沸くのを押え切れなかった。しかしそれは到底書けないモチーフだと思った。その密かな思いは、自分の心奥に深く畳み込まれたまま、十数年経った。

この本には書けない部分が、それだった。しかし時が来れば必ず一度は書かなくてはならないモチーフでもある。密かな言葉にもならない思いが浮游していた。そしていまその時が来て『蕁麻《らくさ》の家』を書き終った。小説でありフィクションの物語であるが、両方を重ねて読んでもらうことによって読者のイメージが立体化するのではないかと思う。

前者が明るいエッセイだと見れば、後者は闇の部分を摘出し描写した暗い小説と言えるだろう。

『蕁麻の家』を発表したあと処女作『父・萩原朔太郎』が久々に新版となって出ることは、私にとって意義深いことである。

昭和五十一年九月

萩原葉子

P+D BOOKS ラインアップ

大陸の細道　木山捷平　●世渡り下手な中年作家の満州での苦闘を描く

若い詩人の肖像　伊藤 整　●詩人の青春期の成長と彷徨記す自伝的小説

小説 大逆事件（上）　佐木隆三　●近代日本の暗部を象徴した事件に迫る

小説 大逆事件（下）　佐木隆三　●明治44年1月「大逆罪」の大審院判決が下る

女のいる自画像　川崎長太郎　●私小説作家が語る様々な女たちとの交情

暗い流れ　和田芳恵　●性の欲望に衝き動かされた青春の日々を綴る

P+D BOOKS ラインアップ

小説 みだれ髪 和田芳恵 ●著者の創意によって生まれた歌人の生涯

なぎの葉考・しあわせ 野口冨士男 ●一会の女性たちとの再訪の旅に出かけた筆者

暗い夜の私 野口冨士男 ●大戦を挟み時代に翻弄された文人たちを描く

故旧忘れ得べき 高見順 ●作者の体験に基く〝転向文学〟の傑作

貝がらと海の音 庄野潤三 ●金婚式間近の老夫婦の穏やかな日々を描く

せきれい 庄野潤三 ●〝夫婦の晩年シリーズ〟第三弾作品

P+D BOOKS ラインアップ

幼年時代・性に眼覚める頃　室生犀星　●犀星初期の〝三部作〟を中心に構成された一巻

冬の宿　阿部知二　●映画化もされた戦前のベストセラー作品

天上の花・蕁麻の家　萩原葉子　●萩原朔太郎の娘が描く鮮烈なる代表作２篇

父・萩原朔太郎　萩原葉子　●没後80年。娘が語る不世出の詩人の真実

光　日野啓三　●近未来の東京〝喪失と新生〟の物語

海軍　獅子文六　●「軍神」をモデルに描いた海軍青春群像劇

P+D BOOKS ラインアップ

達磨町七番地　獅子文六　●軽妙洒脱でユーモア溢れる初期5短編収録

がらくた博物館　大庭みな子　●辺境の町に流れ着いた人々の悲哀を描く

悪魔のいる文学史　澁澤龍彦　●澁澤龍彦が埋もれた異才を発掘する文学史

オールドボーイ　色川武大　●"最後の小説"「オールドボーイ」含む短編集

夜風の縺れ　色川武大　●単行本未収録の39編と未発表の「日記」収録

火まつり　中上健次　●猟奇一家殺人事件を起こした男の壮絶な物語

（お断り）

本書は１９７７年に筑摩書房より発刊された単行本を底本としております。あきらかに間違いと思われるものについては訂正いたしましたが、基本的には底本にしたがっております。また、一部の固有名詞や難読漢字には編集部で振り仮名を振っています。

本文中には女中、知恵の遅れた、小人、乞食、片輪、頭の遅れている、駅夫、不具、精薄児、処女作、支那、ルンペン、車夫、看護婦、ダルマや、そこひ、黒ん坊、めかけなどの言葉や人種・身分・職業・身体等に関する表現で、現在からみれば、不当、不適切と思われる箇所がありますが、著者に差別的意図のないこと、時代背景と作品価値とを鑑み、著者が故人でもあるため、原文のままにしております。

差別や侮蔑の助長、温存を意図するものでないことをご理解ください。

萩原 葉子（はぎわら ようこ）

1920年（大正９年）９月４日―2005年（平成17年）７月１日、享年84。東京都出身。1959年『父・萩原朔太郎』（第８回日本エッセイスト・クラブ賞受賞）でデビュー。代表作に『蕁麻の家』『閉ざされた庭』など。

P+D BOOKS とは

P+D BOOKS（ピー プラス ディー ブックス）とは
P+Dとはペーパーバックとデジタルの略称です。
後世に受け継がれるべき名作でありながら、現在入手困難となっている作品を、
B6判ペーパーバック書籍と電子書籍を、同時かつ同価格で発売・発信する、
小学館のまったく新しいスタイルのブックレーベルです。

父・萩原朔太郎

２０２２年８月15日　初版第１刷発行
２０２４年４月10日　第４刷発行

著者　萩原葉子
発行人　五十嵐佳世
発行所　株式会社　小学館
〒１０１-８００１
東京都千代田区一ツ橋２-３-１
電話　編集　０３-３２３０-９３５５
販売　０３-５２８１-３５５５
印刷所　大日本印刷株式会社
製本所　大日本印刷株式会社
装丁　おおうちおさむ　山田彩純
（ナノナノグラフィックス）

ISBN978-4-09-352445-2

P+D BOOKS